Narratori Feltrinelli

Tito Faraci
Spigole

Pubblicato in accordo con MalaTesta Lit. Ag. Milano
Prima edizione ne "I Narratori" giugno 2020

Stampa Grafica Veneta S.p.A. di Trebaseleghe - PD

ISBN 978-88-07-03402-2

Tutti i fatti, i luoghi e i personaggi di questo romanzo sono inventati. Anche quelli reali.

Spigole

1.
Agguati maledetti

L'inverno è quella stagione che comincia prima di iniziare. E fu appunto verso la metà di novembre che Ettore Lisio si accorse di provare una sordida insofferenza nei confronti del Ranger.

Come quando sentite un dolorino a un dente, bevendo qualcosa di freddo o di caldo. Andate dal dentista, quello scuote la testa (sorridendo sotto la mascherina, ne siete certi) e vi dice che è tardi. Avete aspettato troppo. Avete trascurato il problema. E potete soltanto guardarlo a bocca spalancata, da sotto in su, mentre vi aspira la saliva.

Quel sentimento di insofferenza si manifestava soprattutto al momento dell'agguato. Ettore poteva tirarla in lungo quanto voleva, distrarre il Ranger con risse al saloon e ingegnosi piani illustrati sul terreno con un rametto, ma poi, ineluttabile, arrivava il momento dell'agguato, in una valle lunga e stretta.

Ecco, parliamone: una valle lunga e stretta. Ma perché sempre lì, caro il nostro Ranger? Perché non fare un altro giro? Se ogni volta che sei entrato in una valle lunga e stretta c'è stato un cazzo di bandito messicano o quel che è, appostato fra le rocce con un Winchester, perché adesso non ti fai qualche domanda e non ti dai subito la risposta giusta? Metti la retromarcia al ronzino e via, a posto così.

Invece il Ranger doveva mostrarsi sospettoso. Scrutare uccelli che si alzavano in volo sulla cima delle colline chiedendosi che cosa mai li avesse spaventati. "Te lo dico io, pirla!" borbottava fra sé e sé Ettore, da solo in studio. "È un cazzo di agguato, su! Che cosa vuoi che sia?"

Fra l'altro, il volo degli uccelli non andava più neppure bene, al pari di coyote in fuga o "questo misterioso silenzio" che "non mi piace". Espedienti da quattro soldi già usati troppe volte da Ettore, dai venerati maestri venuti prima di lui e dai detestati e al contempo ammirati colleghi attuali. Eh, no. Il Ranger doveva percepire il pericolo e sottrarsi all'agguato, uscendone vincitore, in modi sempre nuovi. Nuovi per Ettore, almeno. Se qualcun altro, prima, aveva fatto qualcosa di simile, poco male. L'importante era che non fosse Ettore Lisio, a ripetersi. Gli esegeti del Ranger lo avrebbero stanato e massacrato.

La cosa migliore era che, per qualche ragione tutta da studiare, il Ranger avesse preventivamente sentito puzza di bruciato. Cioè, sapesse che cosa lo attendeva nella valle lunga e stretta prima di entrarci. ("Logico! È una valle lunga e stretta del cazzo: che cosa vuoi che ti aspetti? Una festa a sorpresa con tutti i fratelli navajo a cantare che sei un bravo ragazzo?!") A quel punto, l'attenzione si spostava sul bandito messicano, piazzato fra le rocce, con il sole alle spalle.

È lì che sogghigna e pregusta l'attimo in cui trasformerà il "*maldito gringo* in cibo per vermi", perché i banditi messicani, come è noto, pensano cose del genere. Poi lo si inquadra di spalle, si stringe su un primo piano. Il bandito comincia a girarsi, stupito. "*Que diablo...*" Controcampo. E il Ranger è davanti a noi, e dietro al bandito. Stagliato contro il sole. Meglio un'inquadratura dal basso, per renderlo ancora più imponente.

Siccome il Ranger non può mai colpire alle spalle, e tantomeno a tradimento, il bandito deve avere modo di girarsi e alzare appena il Winchester. Attenzione, non più di un accenno al gesto. Se facesse in tempo ad alzare troppo l'arma, significherebbe che il Ranger non è stato abbastanza veloce.

Quindi, procedendo: piano americano del Ranger con la colt già in pugno, nella mano destra, e la sinistra tesa in orizzontale a tirare indietro il cane dell'arma. *Bang*. Il messicano crolla all'indietro, sgranando gli occhi in un'ultima espressione di dolore e stupore – per carità, niente schizzi di sangue e ferite evidenti, perché siamo educati –, e *adios, amigos*. "Se l'è voluta," pensa il Ranger, rimettendo la pistola nella fondina. A dare a intendere che lui è buono e giusto, che non l'avrebbe fatto se non fosse stato obbligato dalla incresciosa situazione. "Be', stronzo, se non volevi, perché allora sei entrato in una valle lunga e stretta?" sbottava Ettore, nel segreto del suo studio.

Quella appena descritta era comunque una buona scena, per una volta. Dopodiché Ettore poteva rifarla a patto di metterci qualche significativa variante. Per esempio, il messicano vede il gran polverone sollevato da un cavallo che incede al galoppo nella valle lunga e stretta. Spara verso una sagoma in sella al cavallo, credendo che si tratti del Ranger, ma... in realtà in sella c'è il cadavere di un altro bandito messicano, imbracato grazie a un'ingegnosa struttura di rami intrecciati e corde, nonché adeguatamente camuffato, mentre il dannato Ranger bricoleur è lì, alle spalle del messicano vivo (ancora per poco).

E anche questa variazione sul tema andava bene un'unica volta. Per l'agguato successivo, in una valle lunga e stretta, bisognava inventarsi qualcos'altro. Bisognava che Ettore pensasse qualcos'altro. Si era ridotto a vivere di espedienti. Narrativi.

Spesso rimandava la questione al round successivo. Basta, per oggi. Se ne andava via dallo studio lasciando la situazione a metà, con il povero bandito messicano (o quel che era, vabbè) appostato fra le rocce fino al mattino. Mattino che, per Ettore, cominciava ogni giorno più tardi e meno volentieri. Intanto, ci rimuginava il resto della giornata e oltre: durante l'intricata attività sociale, bevendoci su senza riuscire a dimenticare, rigirandosi nel letto e, dopo un sonno arrivato troppo tardi e durato troppo a lungo, cercando di alzarsi. Non era vita, questa. A saperlo prima, quasi era meglio lavorare.

Una sera, a tavola, ne parlò con Patrizia. Le aveva preparato il risotto giallo con "l'ingrediente segreto: l'amore". Puntare sui loro grandi classici era anche un modo per farle sembrare meno estranea quella nuova casa, che ormai così nuova non era più. Patrizia manifestò il consueto entusiasmo. In cambio, Ettore si ritenne in pieno diritto di lagnarsi del Ranger e degli agguati in valli lunghe e strette.

"Perché non ne fai uno in una valle corta e larga?" disse Patrizia.

Per più di un attimo, Ettore prese sul serio tale assurdità topografica. Appoggiò la forchetta e si cercò qualcosa fra la barba. "Il problema non è questo. Il problema è il mio... lavoro."

"Fai sempre una pausa, prima di quella parola," gli fece notare Patrizia, e non per la prima volta. "Pensi ancora che sia un divertimento, che qualcuno ti paga per chissà quale ragione."

"Già, chissà quale," disse Ettore. "In ogni caso, non ne posso più. Figuriamoci divertirmi."

"Ma se hai sempre detto che è la tua vita! Non hai un briciolo di coerenza!"

Ettore sbuffò. "La coerenza è sopravvalutata, tesoro. Ti posso nominare un mucchio di grandissime teste di cazzo che avrebbero fatto una figura migliore, se avessero cambiato idea. Ehi, ragazzi, ci ho ripensato, niente Terzo Reich... tela e pennelli, presto!"

Benché non fosse affatto nuova a battute su quel registro, Patrizia concesse a Ettore una modesta risata. Per poi tornare a rimproverarlo: "Ma, insomma... ti ho sentito tante volte chiederti come facevano quei tuoi vecchi amici, con i loro lavori in ufficio, sempre uguali, incatenati alle scrivanie".

"Una rottura di coglioni, certo. Il punto è che ho capito che qualunque lavoro, dopo un po', lo diventa: una rottura di coglioni. Anche fare il papa, probabilmente. Ti sei fatto il mazzo tutta la vita, per diventare il papa, e dopo un po' ne hai piene le palle. Tutte le mattine svegliarsi e fare sempre le stesse cose che fanno i papi..."

"E che cosa fanno, i papi, tutte le mattine?"

"Ma che ne so... mica sono un papa! Avranno delle messe da fare, udienze da concedere, discorsi da preparare, robe così. I soliti problemi di ogni mattina e di ogni giorno, quando sei un papa. Anzi, *il* papa. Perché, di solito, ce n'è uno soltanto. Non hai nemmeno un collega a cui telefonare per chiedere consiglio. O magari sì, invece. Pronto... Dalai? Sono io... puoi parlare o è un momentaccio?"

Ettore si prese il tempo di gustarsi una risata di Patrizia, che stavolta gli parve davvero divertita. Era bellissima. Sempre bellissima, per sempre bellissima.

"Comunque," riprese Ettore, "anche nel mio... lavoro si fanno ogni giorno le solite cose. Però devi farle ogni giorno in un modo diverso. Peggio ancora, quindi. La routine della creatività. Un controsenso."

"Non è che è solo colpa del Ranger?" disse Patrizia. "Forse dovresti cambiare personaggio. Ti chiedono sempre di tornare a fare Doc..."

"Non lo nominare!" Ettore aveva posato di nuovo la forchetta e si era irrigidito tutto sulla sedia.

"Okay, okay. Allora smetti con il Ranger e passa a qualcos'altro. Ne hai scritti un sacco, di fumetti, prima."

"Appunto, lo hai detto: prima. Quando si parla del Ranger, c'è soltanto un merdoso prima. Lui è il massimo, l'apice di una carriera e, allo stesso tempo, la fine. Come giocare in Nazionale. Qualunque altra cosa, se la fai dopo, è perché hai fallito. Perché sei, un fallito. Il dopo non esiste. Meglio smettere, piuttosto. Non ci voglio nemmeno pensare." Però ci stava pensando. E allora cambiò discorso. "Ho visto che suonano i Bachi da Pietra, venerdì, al Biko. Ci andiamo?"

"Non credo di potere."

"Perché? Ti vedi con qualcuno?" chiese Ettore un istante prima di pentirsi di averlo chiesto.

"Per favore, papà!"

Ettore alzò il palmo di una mano. "Scusa. Affari tuoi, giusto."

“Devo studiare. È importante avere una buona pagella, per la maturità.”

“Sì, ma poi il voto della maturità non conta niente. Io ho preso un misero 38 e guarda come è andata!” disse Ettore. Ma l’orgoglio si spense in un silenzio imbarazzato, che toccò a Patrizia interrompere chiedendogli se avesse visto qualche buona serie o ascoltato qualche buon disco. Discorsi innocui e normali fra padre e figlia, quando si è quel padre e quella figlia. Finirono tutto il risotto.

E poi Ettore, da solo, finì anche tutto il vino.

2.
Il dilemma della botola

Una mattina seguita a una lunga notte avida di consigli, arrivato in studio Ettore si ridusse a utilizzare un'estrema, ma non per lui così insolita, risorsa.

"Pronto... Roberto, sono io... puoi parlare o è un momentaccio?"

"Quello sempre. Ma dimmi."

"Ho un problema con una scena. Mi dai un consiglio? Ho bisogno della tua genialità."

"Aspetta." Ettore sentì scattare un accendino e un sospiro rilassato. Immaginò Roberto stravaccato sulla poltroncina di pelle della sua scrivania in tek. Il fighetto romano.

"Eccomi, dimmi."

"Allora, lui è prigioniero di una banda..."

"Lui chi? Il Ranger?"

"No, Babbo Natale, prigioniero di una banda di elfi rinnegati. Dai, cazzo... e chi vuoi che sia? Il Ranger è prigioniero di questa grossa banda di rapinatori di treni. L'hanno portato in una specie di villaggio di baracche di legno, vicino a una miniera abbandonata che è il loro covo e..."

"Aspetta, aspetta," Roberto lo interruppe allarmato. "Ma come l'hanno catturato?"

"Con un agguato. In una valle lunga e stretta."

"Ah." Pausa. "Ma pensa." Nella voce di Roberto ora c'erano stupore e preoccupazione. "Si è fatto catturare, come un coglione, in un agguato?!"

"No, Roberto. Non come un coglione. Intanto, non poteva aspettarselo. Poi se n'è accorto, prima che loro attaccassero. Non l'hanno sorpreso... non in senso stretto. E ne ha ammazzati un bel po'. Si è battuto come un leone. Alla fine, lo hanno catturato soltanto perché erano in tanti."

"Tanti quanti?"

"Una quindicina. Da trenta che erano all'inizio."

"Mmm... ai lettori potrebbe non piacere lo stesso."

"I lettori si fottano," disse Ettore.

"Tutta la vita," rispose Roberto. "Ma il Boss... te la passa, 'sta cosa?"

"Me l'ha già passata. Era dentro al soggetto. Gliel'ho fatta digerire, in qualche modo. Però adesso possiamo dedicarci al problema di oggi? Cioè, era già quello di ieri, ma non mi è venuta un'idea..."

"Dimmi, ti ascolto." Altro sospiro da tiro di sigaretta.

"Il Ranger è imprigionato in una baracca... ma non proprio una baracca."

"Eh?"

"Una casupola di legno, diciamo. Abbastanza solida. L'hanno appeso, con i polsi legati a un gancio che pende da una corda attaccata a una trave del soffitto."

"E i piedi?"

"Anche le caviglie sono legate, con un pezzo di corda legato a sua volta all'anello del coperchio di una botola, nel pavimento. Così non può scalciare."

"Un momento. Si dice *coperchio*, per una botola? Forse è meglio *porta*."

"Allora *sportello*, piuttosto."

"Non saprei. Suona male. Sportello di una botola... mah. Però, forse..."

"Non importa. Nessuno lo nomina, nei dialoghi. Non c'è un bandito che dice: 'Per la miseria! Che bel coperchio, quella botola!'. Lo si vede e basta. Nella descrizione ho scritto 'coperchio', così il disegnatore capisce. Spero."

"Ah, già... chi la disegna?"

"Uno giovane... non ricordo il nome. Sembra bravo, finora, anche se per fargli fare un campo lungo bisogna rapirgli la madre."

"Tutti così, i giovani. Farebbero soltanto primi piani, lasciando fuori campo tutto," disse Roberto.

"Sarebbe pure comodo," osservò Ettore. "Fai dire al Ranger: 'Per le maledette corna di Satanasso, ci sono cinquanta apache!'. E il lettore si fida. Se l'ha detto il Ranger."

"Riguardo alla botola, comunque... se lui solleva le gambe, la apre."

"La botola ha i cardini da una parte e un chiavistello, chiuso, dall'altra," spiegò pazientemente Ettore.

"Sicuro? A che cosa serve un chiavistello, per una botola su un pavimento?"

"Per tenerla chiusa. A che cos'altro dovrebbe servire?"

"E perché? Non c'è mica pericolo che si apra da sola, una botola su un pavimento, o che un intruso cerchi di entrare da sotto."

Ettore alzò gli occhi al cielo. "I minatori che una volta vivevano lì magari tenevano qualcosa di prezioso in cantina, da cui l'esigenza di un chiavistello per la botola, d'accordo?"

"Ma allora mettici anche un lucchetto..."

"No, quello sarebbe troppo. Genererebbe delle attese."

Ettore e Roberto stettero un po' a discutere sulla plausibilità e l'opportunità di un chiavistello per una botola in una casupola di legno un tempo abitata da minatori. La conclusione fu che poteva andare. Era una di quelle cose che, se il lettore le vede, ne prende atto e basta, senza porsi domande. Non come se arriva un alieno dal cielo, con astronave e tutto, oppure come se il Ranger sbaglia mira sparando a una moneta da un dollaro, da cinquanta metri di distanza (più plausibile l'alieno, al limite).

"Va bene, Ettore. E ora tu vuoi che lui si liberi?"

"No. Voglio che resti lì appeso un po' a frollare e dopo lo ammazzino," rispose Ettore, con un 99 per cento di ironia. "È ovvio che deve liberarsi. Ma come?"

"Non puoi metterlo legato a una sedia? È più facile..."

"Già fatto, in due storie. E una esce il mese prossimo."

"Okay. Capito."

"E hai qualche idea, allora? Non mi viene in mente proprio nulla," disse Ettore.

"Mah... se si tira su sulle braccia e piega le ginocchia verso il petto, insaccandosi, potrebbe staccare l'anello. Meglio ancora, tirare su tutta la botola... il coperchio... dal pavimento, strappando cardini e chiavistello, insieme. Sarebbe una bella scena, per mostrare quanto è forte il Ranger. Se l'anello ha un'aria abbastanza solida, ci sta..."

"No, scusami, dimenticavo. C'è anche un bandito, a sorvegliarlo. Gli tirerebbe subito una legnata, con il calcio del Winchester. Lo ha già fatto, tanto per divertirsi."

"Ma dovevi proprio mettercelo, il bandito di guardia?"

"Dai, Roberto. Se no, i cattivi sono proprio degli idioti."

"E non può stare di guardia fuori dalla porta?" Prima che Ettore potesse rispondergli, Roberto si corresse. "No, cazzata. Non ha senso sorvegliare l'esterno. Chi dovrebbe arrivare?"

"Be', volendo, il Vecchio Trapper. Loro sanno che il Ranger ha un amico, potrebbero temere il suo intervento."

"Perfetto. Allora fai arrivare il Vecchio Trapper a liberare il Ranger."

Ettore considerò brevemente l'ipotesi. "No, non va. Il Ranger si deve liberare da solo. Al massimo, il Vecchio Trapper può arrivare ad aiutarlo, ma solo dopo. Non salvarlo. Aiutarlo."

"Altrimenti il Ranger fa la figura del pirla. Gesù, hai ragione." Sospiro, non da tiro di sigaretta.

"Però..." riattaccò Ettore.

"Però?"

"Il Ranger potrebbe convincere il bandito, nella baracca, che sta arrivando qualcuno. Magari guarda con insistenza fuori dalla finestra..."

"C'è una finestra?"

"La metto. Alle spalle del bandito. E il Ranger guarda verso questa finestra e sorride. Si assicura che il bandito lo noti e smette subito di sorridere, come se fosse stato beccato.

Allora il bandito gli fa: 'Che cazzo guardi, là fuori? A chi cazzo sorridi?'."

"Non dirà esattamente così, ma vai avanti."

"Il Ranger fa lo gnorri. Dice che non sorrideva a nessuno, però come se in realtà avesse qualcosa da nascondere."

"Magari ci cascano anche i lettori."

"Se sono più scemi di un bandito messicano..." disse Ettore, pensoso.

"È messicano, quindi. Lo sospettavo. E dopo, avanti, che cosa succede?" Dalla voce di Roberto trapelava sincero interesse.

"Boh... vediamo... Il bandito gira le spalle al Ranger e si allontana di un passo, verso la finestra. Come il Ranger aveva calcolato. Allora il Ranger si insacca, come dicevi tu, e strappa il coperchio della botola dal pavimento. *Crack!* Così il Ranger slancia le gambe in avanti e, oscillando appeso al gancio, fa volare lo sportello addosso al bandito, che ha fatto appena in tempo a girarsi. Lo colpisce alla testa, un po' di lato, e lo tramortisce. Il coperchio della botola è bello pesante. Il bandito sviene."

"Ma il Ranger resta appeso."

"Calma. Ha fatto metà del lavoro: togliere di mezzo il bandito di guardia. A questo punto può continuare a oscillare, stile pendolo, e fare volare lo sportello... attaccato alla corda che è, a sua volta, attaccata alle sue caviglie... fino a farlo ricadere al di là di un'altra trave del soffitto, davanti a quella a cui è appeso lui."

"Fico! E quindi?"

Tanto entusiasmo sprecato. "Quindi... niente," disse Ettore. "È una stronzata. Non ci porta da nessuna parte." Ettore si sentì pronto alla resa. "Senti, dai, ci rinuncio. Vado a farmi un giro, tanto vale. Per oggi chiudo bottega."

"Peccato. Era una scena forte."

"Forte, ma inutile. A meno che..." Ettore si strinse la cima del naso fra le dita, come per spremere qualcosa. "Quell'altra trave è così vicina che il Ranger, con un poderoso slancio verso l'alto, volteggia fino ad andare ad aggrapparcisi con le ginocchia... il coperchio lo intralcia un po', ma può riuscirci... sì, giusto, si aggrappa con le ginocchia alla trave che ha davanti..."

"...e allora può dare un colpo di reni, tirare su le mani legate e sfilarle dal gancio..." continuò Roberto.

"...poi distende le gambe e si lascia cadere sul pavimento, con il coperchio della botola e tutto. Cade bene, impattando su un fianco. E dopo, un modo per slegarsi lo trova."

"Magari il bandito svenuto aveva un coltello, con cui lo aveva torturato. Può prenderglielo anche con i polsi legati."

"Fighissimo, Roberto! Sei il solito genio!"

"Guarda che hai fatto tutt..."

"Grazie. Così va benissimo. Funziona. Credo di aver già visto qualcosa del genere, in un film... ma sticazzi, come dite voi."

"Lo dite anche voi. Allora puoi riprendere a lavorare, oggi..."

"No. Chiudo bottega e vado a farmi un giro lo stesso. La scrivo domani, la scena. Ormai ce l'ho tutta in testa. E adesso c'è perfino il sole."

"Il sole di Milano."

"Il sole dei Navigli, Roberto. Il più bello del mondo."

Si dissero un po' delle solite scemenze del filone Roma *vs* Milano, ridendoci sopra, e si salutarono. La giornata lavorativa si sarebbe conclusa con nemmeno una pagina scritta, ma Ettore avrebbe avuto la testa sgombra dal solito dilemma riguardo a come continuare la storia il mattino dopo. In mezzo avrebbe avuto preziose ore d'aria, diurne, serali e notturne. Senza pensieri. Sì, come no.

Si infilò il giubbotto di pelle e prese le chiavi di casa. Lasciò lì computer e borsa, apposta, perché non gli venisse nemmeno la tentazione di lavorare prima dell'indomani. Ipotesi remota, ma meglio non rischiare.

Fu così che il Ranger appeso alla trave riuscì a liberarsi, anche se non subito, ed Ettore Lisio vide il cartello appeso alla serranda.

3.

Lo faccio per il tuo bene

Ettore, io vorrei solo che tu fossi felice. Vorrei che tu fossi felice con me, dentro di me.

Lo so, lo so che ti piaccio. Lo so che mi vuoi bene. Quando sei lontano, anche su una spiaggia meravigliosa, tu pensi a me e vorresti tornare. So che sei nato lontano e potevi restare lì, ma hai scelto me.

Parli bene di me con tutti. Mi difendi sempre. Dici che sono bella. La più bella del mondo. A volte esageri, sciocco che sei, e finisci per farti prendere in giro e litigare. Non desidero questo.

Se mi vuoi bene, e sono sicura che me ne vuoi, non devi dimostrarmelo soltanto a parole. Devi farmi sentire che sei felice. Ma non lo sei, non lo dimostri.

La tua infelicità mi addolora. Mi ferisce.

Ma tu non sei mica l'unico, Ettore. Siete tutti così. Tutti quanti voi.

Vi do così tanto. Vi do una casa in cui vivere (a te ne ho appena data un'altra, Ettore, proprio come la volevi). Vi do un lavoro. Vi do strade su cui camminare. Certo, queste cose le danno tutte le città. È il mio dovere. Ma mi aspetterei comunque in cambio di vedere un po' di felicità, di riceverla. Mi sembra legittimo. Mi sembra... umano. Affermarlo non è un'esagerazione. Perché io non sono una città inumana, come invece sostiene chi mi conosce soltanto attraverso cattiva letteratura, pessimo cinema e barzellette che non fanno ridere.

Io sono speciale. Inutile negarlo. La modestia non è da me.

Do a *tutti* la possibilità di essere *tutto* quello che vogliono. Vuoi essere un commercialista o un designer, uno stilista o un manager, un attore o un rapper o un'altra cosa ancora che finisce per erre? Vuoi essere uomo politico o un palazzinaro... o entrambe le cose? Va bene, accomodati. Vuoi essere uno sceneggiatore di fumetti? Va bene anche quello. Io ti do tutte queste opportunità. Poi sta a te sfruttarle. Se non ci riesci, non è colpa mia.

So di essere grande e di avere tante virtù, ma non mi accontento. Negli ultimi anni ho cercato di migliorare. Sono diventata più verde, e con un po' meno di *quei* verdi. Mi sono ripulita. Ho cambiato aria, e voi vi siete soltanto incazzati perché non potevate circolare in auto dovunque e a tutte le ore.

Chissà perché poi siete sempre così incazzati, per qualunque ragione? Perché sempre quelle espressioni ingrugnate?

Ma torniamo a parlare di te, Ettore. Di te e della *tua* infelicità e delle *tue* incazzature, dovute ai motivi più sbagliati (almeno fossero quelli giusti, e ne avresti). Ti ho dato il lavoro che volevi, con la possibilità di esercitarlo al più alto livello. Ti ho dato una specie di successo, senza le rotture del vero successo. Ti ho dato lettori che ti amano, come ti amo io, e che tu ti permetti di insultare. Non sai accettare il fatto di meritarti il loro amore, preferisci sostenere che quell'amore è frutto di pessimi gusti, ignoranza o perfino stupidità. Dovresti vergognarti!

Ti vedo uscire dal tuo studio, adesso. Con quella faccia infelice e incazzata. E ti pareva. Le mani in tasca, lo sguardo basso. Il buon umore per avere risolto un problema di lavoro se n'è già andato. Avevi appena detto che è una bella giornata. Ti avevo sentito, al telefono con il tuo amico romano. Ma ora non ti degni neppure di guardare il mio cielo, così bello quando è bello.

Meriti una lezione. Ho deciso di dartela. Perché ti voglio bene, *io*. Imparerai a stare attento a quello che desideri, perché con me lo puoi ottenere.

Per prima cosa, devo mandarti dove voglio. Vediamo...

stai raggiungendo la fermata del tram. Pensi di prendere il 3. E io allora...

Ricalcolo, scritto sul display della banchina, si trasformò in un tempo di attesa di *18 minuti*. "Fanculo!" sibilò Ettore, beccandosi in risposta l'occhiataccia di un'attempata signora. Niente tram. Non aveva tutto quel tempo da perdere. Si incamminò lungo il corso.

Ti vedo dall'alto, come un puntino nel reticolo di un videogioco anni ottanta. Ti stai spostando. Ci sono riuscita. Però... no, Ettore. Non da quella parte.

Il milanese tipo, per "aperitivo", intende quello prima di cena. Ettore però su questa faccenda aveva un atteggiamento laico e non disdegnava un bicchiere anche prima di pranzo. Sebbene come "ora aperitivo" considerasse la fascia fra le 18.30 e le 19.30, con un'oscillazione di trenta minuti in più o in meno. Questo era fuori discussione. Ettore non era un barbaro.

A ogni modo, il programma attuale era arrivare in fondo al corso e poi svoltare verso il Naviglio Pavese, per una capatina nell'ennesimo locale aperto da Igor. Abilissimo in calcoli del genere, Ettore dava alla Taverna Corsara – nome abbastanza scemo, peraltro – un'attesa di vita di una decina di mesi. Meglio godersela, finché c'era.

Ma che cosa bere? Le condizioni climatiche suggerivano vino rosso, tuttavia un bianco sarebbe stato più adatto come aperitivo leggero. Bollicine, forse? L'importante era evitare che Igor si lanciasse nella preparazione di un drink con due o più componenti, contando "uno" pure il ghiaccio. Aveva una sorta di tocco di re Mida al contrario, per qualunque miscela contenuta in un bicchiere. Ma poi, anche quando, quale drink poteva essere adeguato a una tarda mattinata di novembre?

"Ah, quanti problemi..." Ettore sospirò, appena prima di sussultare per lo spavento.

Era apparsa dal nulla, una ventina di metri davanti a lui, in rotta di collisione. Portava una specie di colbacco e teneva la testa china sul telefono, intenta a digitare. Ma, anche a non guardarla dritta in viso, impossibile sbagliarsi: quella era Alice. Oppure Anita... o Arianna. Un nome così, con la A. Ci era uscito due volte. Poi lui si era fatto di nebbia, per le solite ragioni. Al che lei gli aveva mandato una serie di messaggi che avrebbero fatto arrossire un vichingo. Senza nemmeno lasciargli il tempo di, eventualmente, risponderle, lo aveva bloccato ovunque. Una vecchia storia, di un anno prima, che Ettore aveva rimosso. Checché ne dica la canzone, incontrarsi in una grande città non è facile. Per fortuna.

Ma da dove cazzo si era materializzata, adesso? Come aveva fatto a non avvistarla prima?

Ettore vide Alice (o Anna, Antonia, Adele...) abbassare il telefono e alzare la testa. Ma, prima che lo sguardo di lei riuscisse a intercettare il suo, scartò di lato e si infilò nella strada a destra.

So che cosa vuoi fare. Ti leggo nella mente. Sono dentro di te, quanto tu sei dentro di me. Soltanto un piccolo cambio di itinerario. In fondo a quella strada e, arrivato di fronte al ponte, svolterai a sinistra, per raggiungere il locale del tuo amico tenendoti il Naviglio sulla destra. Un percorso automatizzato. Nulla in contrario. Gli aperitivi sono riti in mio onore e, in questo, tu sei un gran sacerdote. Vai pure a bere, Ettore. Ma non subito. Prima ho altri piani per te. Sali su quel ponte, passa dall'altra parte. So come convincerti. So come attirarti. Lo so sempre.

Stava per girare l'angolo, quando sentì una musica. Un giro di basso oscuro e pulsante, inchiodato dai colpi di una batteria implacabile e scarna. Roba anni ottanta. Oppure... roba di adesso, ma tipo anni ottanta? Ettore era sicuro di avere già sentito quella musica. Ma quando? E quanto? Milioni di volte, quando era ragazzo? O in tempi recenti, concedendo una chance a un nuovo disco di una nuova band, composta da ragazzotti nati quando il vinile era morto e ora impegnati nella sua rinascita riesumando sonorità di – oddio, non era possibile – una quarantina di anni prima?

Ettore si era fermato. Ascoltava. E descriveva a sé stesso quello che stava ascoltando, in purissimo lessico da recensione musicale. Al basso e alla batteria si era aggiunta una chitarra affilata che, invece di ricalcare il giro, lo trafiggeva con stilettate discordanti e, insieme, precise. Infine la voce, con quel prevedibile timbro baritonale usato da così tanti, dopo Ian Curtis, ma da nessuno come lui. No, naturalmente non potevano essere i Joy Division. Se Ettore avesse avuto difficoltà a riconoscere anche solo una loro canzone, in una produzione qualitativamente colossale ma quantitativamente esigua, sarebbe salito su un treno per Lourdes. Restava il fatto che non riusciva a capire di chi fosse, quella canzone, ed era allo stesso tempo convinto che avrebbe dovuto riconoscerla. Avrebbe dovuto ricordarla. Ma, un momento, ora era arrivato pure un arpeggio di sintetizzatore che... ah, sì... anzi, no, niente. Ettore ebbe l'impressione di essere arrivato a un millimetro dal ricordo, di averlo sfiorato, prima che tornasse a inabissarsi, facendosi beffe di lui. Maledetti ricordi perduti.

Odiava dimenticare le cose. Quelle che non voleva dimenticare. Avere una memoria selettiva, senza essere lui il selezionatore. Chissà poi quante e quali cose aveva dimenticato. Qualcuno – guarda caso, Ettore non ricordava chi – aveva detto che una persona è fatta dalla somma dei propri ricordi. Significava che una parte di lui era già svanita. Morta. Mentre ascoltava quella musica, chiedendosi che musica fosse, pensava per l'ennesima volta alla morte. Pensava che non ce l'hai soltanto davanti, ma anche dietro. È qualcosa che ti aspetta, ma anche ti insegue. Preso tra due fuochi, sempre più vicini.

Ettore pensava alla canzone e pensava alla morte. (E, per quel poco che riusciva a capire e indovinare delle parole in inglese, la canzone parlava di morte. Poco da stupirsi, dato il genere.)

Per sottrarsi alla metà peggiore di quei pensieri, decise di concentrarsi sulla musica e avvicinarsi. Salì sul ponte, lo percorse, discese dall'altra parte.

Perfetto. Stai andando dove volevo, il mio piano sta per scattare. Lo faccio per il tuo bene, per renderti migliore. Lo faccio per il mio bene, perché non ne posso più di questa infelicità che non merito. Spero che funzioni. Non ho studiato questo piano disegnandolo con un rametto. È un piano improvvisato. Le città sono sempre piene di grandi progetti, ma poi finiscono per procedere un po' a caso. Le città sono caotiche, lo sanno anche i sassi.

4.
L'incerto destino delle aragoste

Quella strada era sempre stata un mistero, per Ettore e non soltanto per lui. Una specie di contraddizione, meravigliosa e insidiosa, a cui erano stati dedicati articoli di cronaca e di costume e nientemeno che un documentario in due parti, trasmesso da un canale a pagamento e, quindi, di certo visto da pochi dei diretti interessati.

La strada si trovava in una posizione eccellente, in teoria. Tra i due Navigli. Nel cuore della "movida milanese", si sarebbe detto, a patto di concedersi un'espressione che a Ettore provocava diarrea, vomito ed eruzioni cutanee. A guardarla dall'alto, da *molto* in alto, ci sarebbe stato da fare a botte per abitarci. E a botte si faceva, in effetti. Un varietà di risse fra spacciatori e clienti, fra spacciatori e spacciatori, fra clienti e clienti, nonché fra clienti, spacciatori e signori in canottiera che si rompevano il cazzo di sentire risse sotto casa e allora scendevano a chiarire il proprio punto di vista e indurre a una sana riflessione, con un manico di scopa in pugno. Ogni tanto arrivava anche la polizia a portare via qualcuno a caso, per ritrovarsi tutti contro. Perché in realtà, al di là di quei tafferugli, la popolazione di quella strada era molto coesa. Come abitanti di un fortino, sotto l'assedio di perbenisti e ripulitori assortiti da destra e da sinistra. Non c'è nulla di meglio di qualche nemico comune, per far nascere amicizie.

Attraversandola di continuo, per andare e tornare dallo studio (anche dopo il trasloco, era rimasta una specie di scorciatoia), Ettore aveva imparato ad apprezzarne l'atmosfera di solidarietà, e ci ricamava su. La vita lì era come un'ora d'aria lunga una giornata, nel cortile di un penitenziario dove i gruppuscoli si univano, dissolvevano e ricomponevano di continuo, e dove sfumature di pelle e accenti non contavano più di tanto. Condannati a vivere in quella strada da circostanze avverse e incontrastabili, gli abitanti ne avevano fatto una scelta. Un baluardo di libertà. Così la vedeva Ettore, evitando però di fermarsi a osservare troppo. Sentirsi chiedere "cazzo hai da guardare?" poteva essere il prologo di incidenti che avrebbero guastato la sua concezione romantica del luogo.

C'erano un orgoglio e una coscienza lì, dichiarati anche nei graffiti sui muri delle case popolari, un terzo delle quali occupate. C'erano i giovani di una Milano antagonista di sé stessa, che organizzavano feste, pranzi, animazioni, corsi e addirittura gestivano un asilo, per non lasciare tutto in mano agli spacciatori. Bravi ragazzi.

Ettore aveva riflettuto spesso sulle contraddizioni di quella strada, notando come vi fossero rimasti pure i segni di una città d'altri tempi, in qualche decorosa bottega accanto a un sinistro locale di strip tease e lap dance (e quant'altro) chiuso di giorno.

Concentrato sulla musica, si addentrò nella via. La musica che lo aveva attirato, sedotto. La sentì crescere di volume, notò una finestra aperta malgrado il freddo. Forse la canzone veniva da là dentro. Affrettò il passo. Ci arrivò vicino, alla finestra e al ricordo. Poi la finestra si chiuse e la musica finì, di colpo.

Si fermò lì sotto, ora privato di una ragione, quasi vi fosse stato tratto con l'inganno. In quella strada che d'improvviso gli parve lunga e stretta, come una valle. Stava facendo dietrofront, quasi per fuggire, preso da un'inquietudine che in seguito gli sarebbe parsa premonitrice, quando notò la serranda abbassata. E il cartello.

Era una di quelle decorose botteghe. Lo era stata.

Benché Ettore non ne fosse mai diventato un cliente assiduo, ci si era affezionato. Faceva parte del paesaggio, come elemento solido e rassicurante. Si era servito lì in occasione di qualche cena, anche di recente, per fare bella figura con gli amici o per recuperare una brutta figura con Patrizia. Ormai tutti a Milano avevano capito che cucinare pesce non è poi così difficile, ma Ettore si riteneva un più che discreto cuoco persino in quei giorni pieni di aspiranti chef, e la pescheria gli tornava comoda. Per questo fu allarmato e dispiaciuto nel vedere la serranda abbassata e il cartello AFFITTASI. Non ci aveva fatto caso, poche ore prima, passando di lì per andare in studio.

Si avvicinò. La serranda era di quelle forate. Sbirciò come attraverso il buco di una serratura. All'interno era rimasto tutto come prima, a parte l'assenza del pesce. C'era il bancone inclinato, con gli scomparti vuoti e i cartelli con i nomi dei pesci e i prezzi al chilo. C'era la cassa, con il display spento. C'era la vasca, dove un tempo stavano le aragoste. Che poi, in quella strada, chi mai poteva permettersi di comprare un'aragosta? Nemmeno un Ettore Lisio di passaggio. Forse le aragoste abitavano lì, come animali da compagnia. Ettore era stato tentato di chiedere informazioni al pescivendolo, che per la precisione erano due. Uno anziano e uno più...

"Cazzo hai da guardare?"

Una voce alle sue spalle. Ettore ebbe un sussulto e piantò una craniata contro la serranda. Che magnifica gag, degna di un bandito messicano in uno di quegli interludi comici che ogni tot di pagine si rendevano necessari. Testate su una porta e calci in culo se la giocavano alla grande, per suscitare l'ilarità dei lettori. Ci si poteva spingere fino a un dito in un cassetto, ma era già ritenuto umorismo un po' troppo all'inglese.

Ettore si voltò. "Scusi?"

"Cazzo hai da guardare?" ripeté un tizio magro, alto e curvo, nel bozzolo di una giacca di velluto troppo leggera per quella stagione, abbottonata fino al mento.

"Torna in un fumetto di Andrea Pazienza e lasciami stare," pensò Ettore, e disse: "No, niente. Guardavo il negozio. Ha chiuso". Le avventure di Ettore Lisio, indagatore dell'evidenza dei fatti.

"Vuoi comprare qualcosa?" Il tizio batté una mano su una tasca rigonfia. Difficile che contenesse una cernia. C'era stato un cambio di argomento, dunque.

"Mi spiace, non ho soldi."

Ammettiamolo: la merce che il tizio presumibilmente offriva avrebbe potuto interessargli, ma Ettore girava sempre a secco di contanti. E comunque, le poche volte che gli capitava di fare un fiato, preferiva farsi offrire. Una questione di principio, non di tirchieria. Aveva già abbastanza brutte abitudini, senza andarsene a cercare un'altra ripescandola dal passato.

"Cazzo hai da guardare, allora?" Dopo la prematura e deludente conclusione della trattativa commerciale, il tizio era tornato al precedente oggetto del contendere.

"Il negozio... la pescheria. Non sapevo che avesse chiuso."

"Ah..." Il tizio si grattò la testa, guardando al di là di Ettore. "Lì non c'è scritto che è chiusa. C'è scritto solo che l'affittano." *Good point*.

"Però hanno portato via il pesce," disse Ettore, per poi chiedersi perché era così stupido da incentivare il dibattito.

Si fece da parte, mentre il tizio si accostava alla serranda e sbirciava a sua volta. "È vero," ammise. "Non c'è più. Dove cazzo lo avranno portato?"

Si volse verso Ettore, che ricambiò un'occhiata pensosa. Il quesito era interessante.

"Già. Ma, in generale, dove finisce tutto il pesce che avanza, a Milano... anche nei ristoranti di pesce? Non ci avevo mai pensato."

"Nemmeno io," ammise il tizio.

Restarono in silenzio qualche secondo. Intanto Ettore notò che, a margine del campo visivo, si era radunata una piccola folla che riusciva, al tempo stesso, a osservare la scena e a farsi ostentatamente i cazzi propri. Ci sarebbe stato materiale per un saggio di antropologia.

"Forse lo congelano," propose il tizio.

"E che cosa se ne fanno, poi? Tu non hai idea di come sono quei posti. La clientela non accetterebbe mai pesce scongelato." Ettore aveva cominciato a ricambiare il tu.

Il tizio annuì, con fare grave, come ad ammettere che, no, non aveva idea. "Un po' se lo mangeranno loro."

"D'accordo, un po'. E il resto?"

"Lo butteranno via."

"Ma dove?" disse Ettore. "Mica possono metterlo nell'umido, semplicemente. Tutto quel pesce."

"Ci saranno dei posti per il pesce, in qualche discarica." L'ipotesi in effetti era valida, ma inquietante.

"Ma ti immagini, montagne di pesce che marciscono sotto il sole! E torme di gatti..." disse Ettore.

"A meno che," disse il tizio, "non abbiano trovato un modo per riciclarlo."

Era una valida idea, riconobbe Ettore fra sé e sé. Si vedeva che il tizio era nel ramo del commercio. A Ettore parve di cogliere un mormorio di approvazione, dalla folla.

"Per farci cosa?" si chiese però il tizio, grattandosi la testa.

"Farina di pesce!" disse Ettore. La risposta gli era venuta così, di getto. Neanche lo sapeva, che cosa fosse la farina di pesce. Ma il tizio non chiese nulla, al riguardo. Magari lui lo sapeva, oppure era rimasto in soggezione di fronte a tanta sicumera. Ettore si fece un appunto mentale: googlare "farina di pesce".

"Comunque," disse il tizio, "a te che cazzo ti frega di questa pescheria?" Il discorso era tornato all'origine.

"Sono soltanto curioso. Non mi va che abbia chiuso. Era un posto simpatico. E chissà le aragoste... quelle erano vive." Le immaginò tristi e sole, abbandonate, vagare per la città, con il rischio di finire sotto una macchina. Un brutto film della Pixar.

"Le avranno liberate nel Naviglio," disse il tizio.

A Ettore l'idea non dispiacque. Scacciò il dubbio che le

aragoste potessero vivere nell'acqua dolce. Preferì figurarsele fare amicizia con cavedani e persici, dalle parti di Pavia.

"Vabbè," disse, "ma nessuno sa che cosa è successo a questa pescheria? C'era quel signore anziano, che doveva essere il proprietario. È stato qui tanti anni. Qualcuno ci avrà parlato..."

Senza rendersene ben conto, Ettore si era rivolto agli astanti che per tutta risposta si smaterializzarono, tornando a farsi i cazzi loro attraverso un qualche varco dimensionale.

Ettore si ritrovò da solo con il tizio, davanti alla serranda abbassata. "Perché non chiedi a lui?" disse il tizio.

"Lui chi?"

"Non lo so... quello del numero, sul cartello. Qualcuno risponderà."

Ettore si voltò a osservare. C'era un numero scritto a pennarello, sotto AFFITTASI. L'aveva già visto prima, ovviamente, ma ora lo scrutò come se fosse un codice da decifrare. "Hai ragione," disse. "Ma non posso rompere i coglioni a uno sconosciuto solo per curiosità."

"Bravo. Allora non romperli nemmeno a me."

Ettore tornò a guardare il tizio. Era arretrato di un passo e adesso lo fissava, torvo. Qualcosa gli stava attraversando la mente.

"Di' un po', non è che sei uno sbirro?"

Ecco spiegato il cambio di atteggiamento. Mai fare troppe domande, in quella strada.

"No... no. Sono uno... be', *non* uno sbirro. Tranquillo."

Il tizio fece un vago cenno di saluto, che però poteva anche essere un vaffanculo, e si defilò anche lui nel varco dimensionale. Ettore ci rimase male. Gli era sembrato l'inizio di un'amicizia. Stava per andarsene, sconsolato e sconfitto, quando estrasse il telefono e scattò una foto.

5.

Una volta qui era tutta cucina

Per l'aperitivo, Ettore poi scelse vino bianco. Siccome aveva fatto aprire una bottiglia apposta, la trasportò dal bancone a un tavolo e decise di pranzare lì. In menu c'era fritto di pesce, per restare al tema del giorno.

Oltre a Ettore, quel giorno soltanto una persona pranzava alla Taverna Corsara. Un dato ancora più preoccupante, considerando che si trattava di Igor, che si era seduto con lui. Ettore considerò che dieci mesi di sopravvivenza, per quel locale, erano forse una previsione troppo ottimistica.

Il fritto, rimasto lì troppo ad aspettare, era molliccio e bagnato. E la conversazione era guastata da Igor, che cercava di rincuorarsi in modo abbastanza patetico.

"Un giorno così può capitare... domani andrà meglio."

"Lo spero. Per andare peggio uno di noi due dovrebbe essere morto. Guasterebbe l'atmosfera."

"Ti credi spiritoso?"

"Per le battute buone mi faccio pagare," disse Ettore. "No, non è vero. Mi pagano per quelle di merda. Ma dimmi, Igor..."

"Che cosa?"

"Dove lo butti, tutto il pesce che ti avanza?"

"Mi sembra una domanda indelicata," disse Igor, gettando un'occhiata alla distesa di tavoli vuoti.

"No, sul serio. Dove lo butti, il pesce?"

"E dove vuoi che lo butti? Insieme al resto del cibo che avanza e che non riesco a riutilizzare..."

Ettore lo interruppe. "Riutilizzare come?"

"Be', sai, il polpettone. È un po' il riassunto della settimana."

"L'avevo sospettato. Ma il pesce?"

"Potrei farci delle polpette," disse Igor, "ora che ci penso. Polpette di pesce. Comunque, lo butto nel cassonetto dell'umido."

Ettore lasciò ricadere sul piatto la forchetta con infilzato un anello di calamaro. "Lo butti così, semplicemente?"

"E che cosa dovrei fare? Dargli l'estrema unzione e tenere un'orazione funebre? Non è che me ne avanzi poi tanto. Nel menu c'è al massimo un piatto di pesce al giorno. Non mi serve una grande scorta. Un sacchetto, massimo due, nel cassonetto. Cosa vuoi che sia?"

"Va bene. Ma se questo fosse un ristorante di pesce... o, meglio ancora, se fosse una pescheria?"

Igor scrutò Ettore, come uno strano insetto. "Non ne ho idea. Ma perché ti interessa?"

"Nulla. Mi piace sapere le cose. I dettagli, soprattutto. I dettagli non sono mai dettagli."

Come per dichiarare chiusa la questione e girare pagina, Ettore prese il telefono e sbirciò Facebook, Twitter, WhatsApp e in ultimo, con sprezzo del pericolo, la posta. Tanto coraggio non fu ricompensato. Oltre all'estratto conto della carta di credito, foriero di rosso in banca, e alla mail di un disegnatore, di certo bisognoso di chiarimenti, ce n'era una del Boss. L'oggetto era: *Ti ammazzo*. Ettore l'aprì, rassegnato. Il contenuto era ancora più funesto: *Vieni qui oggi pomeriggio*. Ettore rispose: *Sto bene, grazie. E tu?* Aggiunse i saluti e un post scriptum: *Okay, arrivo*.

"Qualcosa che non va?" gli chiese Igor.

"Lavoro," rispose Ettore.

"Mi dispiace," disse Igor. Non c'era bisogno di troppe parole, fra loro due.

Ettore appoggiò il telefono, sollevò il bicchiere e, prima

di tracannarlo, lo soppesò e ne scrutò il contenuto come se fosse cicuta. Non lo era, purtroppo. Ma poi chi mai ha visto come è fatta la cicuta? Dovrebbe essere una specie di erba...

Come capitava per alcune case editrici milanesi, le più gloriose, anche quella che pubblicava gli inconfondibili albi dal dorso giallo del Ranger aveva sede in un ex appartamento residenziale, che era stato la casa dell'editore. Riadattato nel corso degli anni, non aveva mai perso del tutto la connotazione originale. Era così possibile dedurre quale ufficio fosse stato, un tempo, una stanza da letto, il tinello o un salotto. A qualcuno, che lavorava a una serie minore, era toccata anche l'evoluzione di un bagno, ma era indelicato farlo notare.

Nel caso del Boss, l'ufficio era stato ricavato dalla cucina, come era deducibile dalla grande quantità di mensole e ripiani, ma soprattutto dal lavandino, ed era posto in fondo a un corridoio lungo e perennemente immerso in una malaugurante penombra. Ettore lo percorse e si fermò sulla porta, aperta. Osservò l'interno in silenzio. Il Boss era alla scrivania, chino sulla tastiera di quel computer del Pleistocene che si ostinava a utilizzare, in spregio alla inutile spocchia tecnologica di certi giovani autori. Sopra di lui, mensole cariche di premi. Perlopiù brutte coppe e targhe, che davano a qualunque ambiente quel tocco da bocciofila.

Ettore tirò un sospiro, poi diede un colpetto di tosse. Modesti segnali della propria presenza.

"Entra," disse il Boss. Non aveva alzato la testa. Non lo aveva degnato di uno sguardo. Alla grande.

"Potrei essere un ladro," disse Ettore.

"*Sei* un ladro. Rubi i soldi che ti paghiamo."

"Non sei gentile." Ettore si avvicinò alla scrivania.

Il Boss smise di scrivere. Osservò il monitor, annuendo in segno di approvazione. Doveva avere concluso una pagina, forse un'intera scena. Poi guardò Ettore dal basso in alto, ma sembrò l'esatto contrario. "Accomodati."

Ahi. Non sarebbe stata una cosa breve.

Ettore levò una pila di fogli da una sedia, li appoggiò su uno dei tanti ripiani orfani di pentole e padelle, e si sedette. Evitò di levarsi il giubbotto, per agevolare un'eventuale fuga.

"Dove ho sbagliato, stavolta?"

"Lo sbaglio è mio," rispose il Boss. "Continuo a pensare, malgrado tutto, che meriti un minimo di fiducia."

"Ti ringrazio."

"Non mi devi ringraziare."

"Ero ironico. Amaramente."

"Allora va bene."

"Boss, avanti, dimmi qual è il problema. Perché sicuramente ce n'è uno. Non ricordo l'ultima volta in cui mi hai chiamato qui per farmi un complimento."

"Forse perché non c'è mai stata neppure una prima volta," disse il Boss. "Ma hai ragione: c'è un problema. Anzi, un paio. Hai messo due volte la stessa scena, nella storia in due parti che esce tra febbraio e marzo, già disegnata. Avrei dovuto accorgermene, ma la residua fiducia nei tuoi confronti mi ha ingannato. Colpa mia." Sembrava davvero sconfortato.

"Due volte la stessa scena? Ma quale?"

"Hai fatto uccidere un puma al Ranger nella prima parte, e un cobra nella seconda."

"Ma non sono la stessa cosa! Il puma è un felino, mentre il cobra..."

Il Boss diede una manata sulla scrivania. "Sono due animali, cazzo! È la stessa scena!"

"Aspetta, ti spiego," disse Ettore. "Quale storia è?"

"Quella dei messicani trafficanti d'armi."

"Ecco. Appunto. Certo. Sì. In quella storia, c'è il filo conduttore della natura ostile, selvaggia, a cui si contrappone il Ranger. Per questo ho messo due scene con animali. Era voluto." Cazzo, no, l'aveva detto. Gli era scappato.

Il Boss gli indicò una scatola da scarpe con un taglio sul coperchio, sulla quale stava scritto *Era voluto.*

"Non ho spicci, scusa," disse Ettore.

Il Boss scosse la testa. "Guarda, ce li metto io." Estrasse di tasca una moneta e la lasciò cadere nel taglio. Dal rumore di metallo su metallo, Ettore valutò che la scatola doveva essere bella piena.

"Mi devi un euro," disse il Boss.

"Hai poi deciso che cosa ci farai, con tutti quei soldi?"

"Li darò in beneficenza, per i fumettisti rimasti senza lavoro. Quindi può darsi che si riveli un buon investimento, per te."

"Dio volesse. Non ne posso più di questo mestiere. Sono così stanco di agguati in valli lunghe e strette, del Ranger, e anche di te e dei tuoi modi da sergente maggiore dei miei coglioni," pensò Ettore.

"Allora, come la mettiamo con queste due scene uguali?" disse il Boss.

"Non sono..."

"È vero, lo ammetto. Avrei dovuto accorgermene dalla sceneggiatura. Ma tu me le dai sempre a pezzetti. Il minimo indispensabile per non tenere i disegnatori fermi, ogni mese. E io ho mille cose a cui stare dietro, non ci sei soltanto tu."

"Okay. Rifaccio una delle due scene," disse Ettore. "Puma o cobra, decidi pure tu. E ti scrivo una scena nuova, per colmare il buco, lunga come quella eliminata, che si incastri bene. Stesso punto di partenza e stesso punto di arrivo. Non si noterà nulla. Gli faccio capitare qualcos'altro, al Ranger. Un piccolo agguato. Qualcosa mi viene in mente, fidati."

"Non mi fido, ma so che puoi farlo. Non è che ci voglia un talento smisurato. Ci avevo già pensato io. Ora abbiamo però due cose su cui riflettere, insieme," disse il Boss. "Innanzitutto, questa è la dimostrazione che entrambe le scene erano inutili. Riempitivi."

"Possiamo chiamarli così. Ma hanno un senso. Servono per dare ritmo alla storia. Non può sempre andare avanti, deve andare anche un po' di lato."

"Aspetta, aspetta, aspetta..." Il Boss alzò il palmo della mano. "Credi davvero in questa cazzata?"

"Eddai, Boss. I lettori si aspettano cose del genere. Si sono sempre fatte."

Il Boss scosse di nuovo la testa. "La seconda cosa su cui

riflettere è che così mi avanzeranno delle pagine già fatte, pagate a te e al disegnatore, da buttare via."

"No, fermo, non buttiamo via niente," disse Ettore. "Le mettiamo in un'altra storia, con lo stesso disegnatore, così non si noterà nulla. La scrivo io, prevedendo quella scena."

Il Boss parve più rassegnato che convinto. "Comunque, resterà una scena con un animale ammazzato. E oltretutto c'è sempre qualche animalista che protesta. Tu non ne tieni conto. Tu non ti preoccupi."

"Oh, andiamo! Protestano perché un Ranger *immaginario*, nel selvaggio West della metà dell'Ottocento, uccide un animale *immaginario*... e noi dovremmo preoccuparcene?!"

"Pensano che potrebbe essere un cattivo esempio per i giovani."

"Ma quali giovani? I giovani non leggono i nostri fumetti. E poi... quale sarebbe questo cattivo esempio? Questi giovani potrebbero andare in giro a sparare a puma e cobra? Allora perché non a banditi messicani?"

Dallo sguardo del Boss, Ettore capì che gli avrebbe dato volentieri ragione. Ma non poteva farcela, figuriamoci.

"Ettore Lisio, tu non capisci." Il fatto che lo chiamasse per nome e cognome prometteva male. E infatti arrivò il colpo basso. "Bisogna stare attenti a quello che si scrive. Non sono più i tempi di Doc Diablo."

"Che... cosa c'entra Doc Diablo, adesso?" mormorò Ettore.

"Quello c'entra sempre, con te. È il motivo per cui sei qui. E potrebbe essere la via d'uscita, per entrambi. Se tu accettassi di tornare a scriverlo..."

"Puma o cobra?" disse Ettore. "Che scena ti rifaccio, per domani?"

Il Boss scosse la testa un'ultima volta. "Vedi tu. È uguale."

"Posso andare, adesso?"

"Devi andare," disse il Boss. "Vattene."

6.
Interludio con pensatona

L'idea di lasciare il computer in studio si rivelò controproducente. Uscito dalla casa editrice, Ettore si rese conto di avere soltanto un vago ricordo delle scene del puma e del cobra. Non certo pietre miliari della sua produzione. Il pensiero di arrivare la mattina dopo in studio impreparato, per scoprire solo sul momento l'entità del problema e non avere sufficiente tempo per rimuginarci, lo angosciava. Meglio sapere subito di che morte sarebbe dovuto morire. C'era anche la possibilità che si stesse preoccupando per niente o per molto poco.

Si rassegnò così a tornare in studio. Fu una specie di sconfitta, tanto più che il problema si rivelò piuttosto complesso. Sedutosi alla scrivania con l'animo di un condannato al patibolo, e recuperata la sceneggiatura nel computer, Ettore individuò e rilesse le due scene incriminate. Si rese conto che erano entrambe brevi. Quattro pagine quella del puma e appena tre quella del cobra. Quello che, sotto sotto, aveva temuto. Del resto, non è che con un puma o un cobra si potessero fare lunghi discorsi o tendere un agguato, prima di impiombarli. Il Ranger ne avvertiva la presenza – cosa abbastanza semplice, nel caso del puma, dato che gli saltava addosso da una roccia – e gli sparava. Tutto qui. Ma con che cos'altro si potevano riempire, adesso, quelle poche pagine? L'inizio e la fine erano identici: il Ranger che andava a cavallo e il Ranger che andava ancora a cavallo. Ma in mezzo? Se non una bestiaccia, chi o cosa poteva affrontare in così poco spazio? Il bandito messicano più stupido del mondo, che nemmeno gli tendeva un agguato e si limitava a pararsi davanti al Ranger, per farsi sparare? Un falso allarme, magari: al Ranger pare di sentire un rumore sospetto e invece... ma no, avrebbe fatto la figura del pirla. L'unica soluzione appariva come la più terribile. La *pensatona*.

Il Ranger, a cavallo, fa una pensatona su quello che gli è appena accaduto e sui piani futuri. Tira le somme, ripetendo al lettore cose che già ha letto e anticipando cose che poi leggerà. La più inutile delle scene, con tanto di spoiler, che però il lettore del Ranger era disposto ad accettare e apprezzare. Perché si era sempre fatto. Il Ranger era uno che si faceva delle gran pensatone. Peccato che quel tipo di scene, per Ettore, fossero un supplizio. Avrebbe dovuto rileggersi tutta la sceneggiatura prima e dopo, in modo da decidere che cosa fargli pensare. Quali argute riflessioni sul mondo e quali ammaestramenti per i lettori mettere in testa al Ranger. E poi avrebbe dovuto trovare le espressioni per dare verve e colore a quella pensatona.

Per fortuna aveva un vecchio prontuario fotocopiato, rubato in redazione, con un frasario che andava da "Arrivederci all'inferno, dannati pendagli da forca!" a "Zuzzerellone della malora!". Qualcosa ci avrebbe trovato, ma con quanta fatica. Per non parlare delle inquadrature. Il giorno dopo avrebbe dovuto sceneggiare tre o quattro pagine in cui si sarebbe visto soltanto il Ranger a cavallo, intento a pensare, inventandosi di tutto per non rendere la sequenza visivamente monotona. Campi lunghi e lunghissimi, primi piani e ravvicinate, dall'alto e dal basso, con un coyote che fugge in primo piano (ma forse meglio niente animali), con lui di spalle e il paesaggio sullo sfondo, con lui che cavalca verso di noi... "Che due coglioni," si disse Ettore, richiudendo il computer con un colpo secco.

Un suono dal telefono gli annunciò un messaggio di WhatsApp. Era Patrizia, che gli comunicava di non calcolarla a cena, perché sarebbe rimasta da un'amica a studiare. Ettore non sapeva se augurarsi che fosse vero. La mancanza di notizie sulla vita sentimentale della figlia lo tranquillizzava e lo preoccupava a fasi alterne. Avrebbe voluto che fosse felice. Nient'altro che questo. Tutti vogliono che qualcun altro sia felice, e questo è uno dei principali motivi di infelicità. Questa pensatona aumentò lo sconforto di Ettore. Guardò fuori dalla finestra – uno scorcio di città, nel buio del tardo pomeriggio autunnale –, aspettandosi che gli suggerisse qualcosa. Ma la città non aveva nulla da dire o, forse, lui non sapeva ascoltarla.

Riprese il telefono e riaprì WhatsApp. Scrisse un messaggio sul gruppo Fat Boys.

Gli restava soltanto il Piano A, come Alcolismo. Cercò un'immagine divertente da mandare, a commento di quell'appello, e ritrovò la foto che aveva scattato quel giorno.

"*Mumble, mumble...*" sarebbe la nuvoletta giusta, da mettere sopra la testa di Ettore, se questo fosse un fumetto.

7.
Fish-eye

A differenza di altri locali nella zona dei Navigli, il Fat non era un posto di cui si potesse anche solo ipotizzare la chiusura. Ettore non riusciva proprio a immaginarselo chiuso. Era allo stesso tempo un'istituzione e un segreto per pochi eletti, che probabilmente avrebbe chiuso solo quando il sole si sarebbe trasformato in una supernova, e forse nemmeno allora, se la macchina del ghiaccio avesse tenuto duro. (Avrebbero detto: "Ehi, Ciccio! Guarda, il sole è esploso!", e Ciccio, asciugando un bicchiere o leggendo la "Gazzetta": "Che storia".)

Quando arrivò lì, quella sera, c'erano Ciccio, dietro al bancone, e Pietro e Sandro già seduti a uno dei sei tavoli, con una bottiglia nel secchiello e tre bicchieri, uno dei quali vuoto. Lo stavano aspettando.

Prima di conoscerli di persona, Ettore aveva frequentato a lungo i blog di Pietro Mori e Sandro Barbieri. Era un'epoca in cui i blog contavano ancora qualcosa, poco dopo l'ultima glaciazione. Entrambi si occupavano soprattutto di fumetti, con occasionali scorrerie in arti minori, come la letteratura e il cinema, o maggiori, come le serie televisive. E su quei blog i fumetti da Ettore sceneggiati – e quindi lui stesso – erano massacrati con un impegno degno di miglior causa. Ettore aveva odiato quei due blog, e quei due tizi che sorridevano beffardi nelle fotine dei rispettivi profili. Li aveva odiati di un odio sordido e ossessivo. Cosa su cui, in seguito, avrebbero spesso scherzato, tutti e tre insieme.

Forse l'Ettore Lisio di oggi sarebbe passato oltre con una scrollata di spalle. Forse. Ma quello di allora aveva immaginato vendette feroci, con umiliazione pubblica di quelle due intelligentissime teste di cazzo. Aveva elaborato risposte caustiche, che poi non aveva mai scritto: per non dare a loro la soddisfazione, diceva a sé stesso. Ma Ettore sapeva che la spiegazione, almeno in parte, era un'altra.

Già ai tempi, benché l'inverno non fosse ancora alle porte, Ettore Lisio era quel tipo di autore che, sotto sotto, si chiede sempre che cosa stia dietro a una recensione favorevole: quale scambio di favori o proposta di alleanza. Salvo poi dimenticarsi di quelle belle parole alla prima stroncatura rintracciata nel più infimo forum popolato da mostri degli abissi. Figuriamoci, poi, quando si era trattato di *Carta vetrata* e *AnarChine*, i due autorevoli blog rispettivamente di Pietro e Sandro, che vantavano – tenetevi forte – decine e decine di lettori ogni giorno. No, Ettore non sarebbe mai intervenuto per smontare quelle critiche spietate. Un inconfessato timore reverenziale lo frenava. Una nascente paura, già così vicina a una certezza, che la ragione fosse dalla parte di quei due.

Non fosse che, un giorno, Pietro aveva scritto un post con la ricetta di uno spezzatino di vitello in cui indicava di mettere il sale a inizio cottura. Un vezzo, per dimostrare che non si intendeva soltanto di fumetti.

Sale a inizio cottura?! A Ettore si poteva toccare tutto, tranne la musica. E in subordine la cucina. Dopo avere sopportato in silenzio il massacro del suo... lavoro di fumettista, era intervenuto spiegando, commento dopo commento in toni sempre più veementi, che la salatura deve avvenire quando la carne è già ben rosolata, in modo che i liquidi restino all'interno. Questo se non si vuole servire in tavola una suola di anfibio.

Pietro aveva ribattuto piccato, portando in proprio appoggio addirittura il parere di un amico chimico. E ci si era messo di mezzo pure Sandro, in trasferta dal proprio blog, che a sorpresa in un commento si era schierato dalla parte della salatura finale. Ma non per i motivi espressi da Ettore. La tesi di Sandro era infatti che la sapidità di un cibo può essere valutata e, quindi, regolata in modo appropriato soltanto a fine cottura.

La discussione si era prolungata per qualche giorno, con interventi sia di insigni fumettisti sia di orridi troll. Convinti che, in realtà, si stesse parlando di fumetto con un acuto gioco di similitudini. Ma quando mai? Finché, in tono scherzoso, nell'ennesimo commento Sandro aveva proposto di parlarne seduti attorno a un tavolo, con una bottiglia in mezzo. *Affare fatto. Offro io e andiamo dove dico io*, aveva scritto Ettore Lisio, in un messaggio privato. Aveva scelto lui il campo da gioco. Al Fat, serve dirlo?

Pietro Mori e Sandro Barbieri se li era immaginati, dal vivo, delle mammolette, come capita per gran parte dei gradassi della rete. Con sua enorme soddisfazione, alla prova dei fatti Ettore scoprì di essersi sbagliato: Pietro e Sandro, in carne e ossa, erano due emeriti spaccacoglioni. Pietro più aggressivo, sarcastico. Quando si vedevano, si portava sempre una camionata di aggressività da scaricare. Però quando gli si chiedeva quale fosse, di preciso, il problema, scartava di lato, tornava a parlare di fumetti. Sandro era più riflessivo, ma non per questo innocuo. Preparava bene il colpo e caricava con cura il cannone, prima di sparare le sue bordate.

Fra loro, si conoscevano da un pezzo e si divertivano a punzecchiarsi. Ettore entrò subito in quel gioco, che non riguardava soltanto il fumetto, ma addirittura cose importanti della vita. Si percepiva una stima reciproca e, da acque profonde, di tanto in tanto affiorava una certa stima per Ettore, da parte dei due ex presunti nemici. Erano arrivati a lodare il suo breve periodo come autore di fumetti per bambini ("*Anche* per bambini," specificava Ettore. "Se ti metti in testa di scrivere *soltanto* per bambini, stai già sbagliando strada!") e avevano il buon gusto di non nominare troppo spesso Doc Diablo. L'invidia nei suoi confronti invece era manifesta – per quanto, secondo Ettore, immotivata –, dato che Pietro e Sandro avevano entrambi un lavoro vero, senza punti di sospensione davanti. Il primo era manager in un'azienda informatica, l'altro commercialista nello studio ereditato dal padre. Lavori che puoi spiegare al tuo vicino salendo in ascensore, anche se abiti solo al secondo piano. Lavori come quelli degli altri clienti abituali del Fat: enclave in cui Pietro e Sandro erano stati accolti, in virtù dei comuni vizi. Ed Ettore era felice che, quella sera destinata a passare alla storia – o, almeno, a *una* storia –, loro due fossero lì.

Si sedette al tavolo con un cenno di ringraziamento a Sandro, che gli stava versando da bere. "Io devo ancora cenare," annunciò.

"Anch'io," disse Sandro.

"E io anche pranzare," disse Pietro, a lasciare intendere come fosse stata una lunga giornata di duro lavoro. Il solito esibizionista.

Ettore si girò verso Ciccio e ordinò tre taglieri misti grandi, poi chiese a Pietro e Sandro se gradissero qualcosa anche loro. Pietro e Sandro gli negarono perfino una risata pietosa.

Alzarono i bicchieri in un brindisi, bevvero un sorso e riappoggiarono i bicchieri, con il ritmo di una squadra di nuoto sincronizzato. Poi Ettore si ritrovò addosso gli occhi degli altri due.

"Allora," gli chiese Pietro. "Che cosa c'è stavolta?"

"Chi ti ha detto che c'è qualcosa?"

"La tua faccia. Sembri appena tornato da un funerale."

"Nulla di così divertente," disse Ettore. "È il... lavoro. Sono stanco."

"Che cosa c'entra ora la stanchezza con il tuo lavoro?" disse Sandro.

"Spiritoso."

"Ancora problemi con un agguato?" chiese Pietro.

"No, non un agguato. Ma comunque problemi. Ogni giorno, pensare... ogni giorno, qualcosa a cui pensare. Sono stanco di pensare. Non voglio più pensare. Voglio fare un... un... *un lavoro*, cazzo! In cui non ci sia nulla da pensare!"

"In tutti i lavori c'è bisogno di pensare," disse Sandro con eccessiva solennità.

"Ma non in *quel senso*!" disse Ettore. "Dai, su, mi avete capito." Si girò verso il bancone: "Ehi, Ciccio! Tu pensi?".

"Io? Ma no," rispose Ciccio, intento ad armeggiare con l'affettatrice.

Ettore tornò a rivolgersi a Pietro e Sandro. "Visto?"

"Cazzate," sbottò Pietro. "A stare dietro a un locale ci vuole cervello. Capire i gusti dei clienti, studiare che roba dare da bere e da mangiare..."

"Può darsi," disse Ettore. "Comunque non voglio aprire un locale. Ho in mente qualcosa di meglio, per non pensare. L'idea me l'ha data una cosa che mi è successa oggi, prima di pranzo."

"Ti ha dato *un'idea* per *non pensare*?" disse Sandro. "Mi sembra una contraddizione in termini."

"Dipende. Non necessariamente," disse Pietro. C'era il rischio che i due si inabissassero in una disquisizione di logica formale.

"Oh, ascoltatemi..." supplicò Ettore. Intanto, Ciccio aveva portato i taglieri. Cominciarono a mangiare, mentre Ettore raccontava cos'era successo davanti a quella saracinesca abbassata.

"E quindi?" chiese Pietro, alla fine. "Hai comprato della droga?"

"No. Ho già detto che non avevo soldi," disse, "e io non la compro."

"La fumi e basta, già," disse Sandro.

"Insomma," riprese Ettore, "l'idea mi è nata da lì, anche se non mi è venuta subito. Cioè, non mi sono reso conto subito di averla avuta, però doveva essermi già entrata in testa, altrimenti non avrei fotografato il cartello."

Buttò giù una fetta di salame e decise di arrivare al dunque: "Voglio rilevare quella pescheria".

Pietro e Sandro lo guardarono interdetti.

"Una pescheria?" disse Sandro. "E perché?"

"Per vendere pesce."

"Ah."

"È uno scherzo?" chiese Pietro, versandosi ancora da bere.

"Ho la faccia di uno che scherza?"

"Quando scherzi, non hai mai la faccia di uno che scherza."

"Perché le battute vanno dette e basta," disse Ettore. "Non puoi annunciarle. Dovrebbe essere vietato dalla legge. Comunque adesso sono serissimo."

E poi Ettore fece un discorso. "Voglio vendere pesce. Perché sono stanco di pensare... pensare in quel modo lì. Stanco di dover sempre avere nuove idee e dopo essere sempre criticato, magari perché sono troppo nuove... o troppo vecchie. O troppo medie. D'ora in poi non farò che chiedere: che cosa vuoi? Vuoi una spigola? Ti do una spigola, fine. Funziona così, con la gente semplice. Con la gente normale. Nessuno potrà venirmi a dire che la spigola di dieci anni fa aveva più mordente, più urgenza, più grinta... che si vedeva che ci credevo di più, nella spigola di dieci anni fa. Non diranno che, sì, questa spigola è buona, però le manca il tocco... ma che tocco?! Non c'è stata un'evoluzione, perché non può esserci nessuna evoluzione, in una spigola, in dieci anni. Nemmeno in cento. Forse in un milione. Ma io non c'entro. Chiedete a Darwin. Era una spigola dieci anni fa ed è una spigola oggi. È una spigola e basta, morta lì. Non è che una volta io ci credevo di più e si vedeva. Ci credevo uguale, alla spigola. Perché non c'è niente da credere. È una spigola, un dato di fatto."

"Scusa," disse Pietro. "Che cos'è una spigola?"

Sandro annuì, come a indicare che anche lui era curioso di saperlo.

"Una spigola è un pesce! Come dire un branzino... è lo stesso!"

"Perché non hai detto branzino, allora?" disse Sandro. "A Milano è un branzino."

"A Milano non è un cazzo! A Milano non c'è nemmeno il mare! Amo questa città, ma non deve rompermi troppo i coglioni!"

"Calma, eh," disse Pietro, che calmo non era mai.

"Ma sì, sì," disse Ettore, "sto calmo!" E poi riattaccò: "Non me ne importa niente, delle definizioni. Mi chiedi un *branzino*? Ti do una *spigola*, poi tu chiamala come ti pare. Non devo presentartela". Ettore tornò a esaltarsi. "Ehi, altro vantaggio: basta con le presentazioni! Non devo andare in giro a presentare il pesce... è già lì, tutto il giorno, la gente sa cos'è e sa com'è. Nessuno che mi chiama il mattino dopo: allora, com'è andata la presentazione? E io: mah, insomma... poche domande. No, il pesce non ha niente da dire, nessuna risposta. È muto. Non può nemmeno rispondere alle interviste. Così, se non lo vendo, non mi verrà nemmeno la tentazione di dare la colpa all'ufficio stampa. Di bene in meglio."

"I clienti potrebbero chiederti come si cuoce, però..." osservò Sandro.

"Va bene. E io glielo dico. Sarà un altro semplice dato di fatto. Una risposta automatica. Venti minuti in forno, a centottanta gradi. Fine del discorso. Non è che ogni volta cambia, che ogni volta mi devo inventare un modo nuovo di farlo fuori. Non è un merdoso bandito messicano. Non è che poi vengono a dirmi: eh, ma anche l'altra volta erano venti minuti a centottanta gradi, ti stai ripetendo... o, al contrario, che una volta, negli anni cinquanta, i gradi erano centonovanta. Non ci sono i Grandi Classici della Spigola, a cui baciare il culo tutto il giorno."

"Basta che sia fresca," disse Pietro. "La spigola."

"Okay, questo sì. Ma, ripeto, non c'è da pensare. Se è fresca, è fresca. Non succede che sembra che non sia fresca, però è perché qualcuno ha fatto un'operazione revisionista e sono io che non capisco, non ci arrivo. Non c'è il meta-pesce. Non c'è il revival del vecchio pesce. Non torna di moda il pesce di una volta. Se è vecchio, puzza e lo butto via, poi scoprirò dove. E amen. Non c'è da rifletterci su. Basta annusare."

Pietro e Sandro annuirono assieme, sembrava che lo prendessero sul serio. Ettore gettò una rapida occhiata a Ciccio. Anche lui lo fissava con aria interessata.

"Ma non ti annoieresti?" Era stato Sandro a stuzzicarlo.

"Buona domanda," ammise Ettore. "Sì, forse mi annoierei. Ma la noia è troppo demonizzata. Il divertimento è molto più una rottura di coglioni, richiede continua applicazione, invenzioni sempre nuove. Uno stress. Invece la noia è una cosa tranquilla, quasi confortante. Non è così male. Con voi due, per esempio, mi annoio e va bene."

"Sei gentile," disse Pietro. "Anche tu ci annoi, ma non stasera. Questo discorso del pesce, bisogna concedertelo, ha un suo perché. Meglio di quando ti lagni del Ranger."

"Ne sto parlando anche adesso, in un certo senso. In ogni caso, se con il pesce mi annoiassi eccessivamente, potrei divertirmi nel tempo libero o nell'attesa fra un cliente e l'altro, anche leggendo fumetti. Leggendoli e basta, senza che mi ricordino il... lavoro. Senza bisogno di cercare *ispirazione*. Ecco un'altra cosa di cui potrò fare a meno: l'ispirazione. Non è che, scusami, oggi non posso venderti quella spigola perché non sono ispirato, speriamo domani. Mi chiedi una spigola, oggi..."

"...e tu gli dai una spigola," disse Sandro.

"Bravo, hai capito. Ma poi che cosa c'è da capire?"

Sandro aveva rabboccato i tre bicchieri e propose un brindisi. "Alle spigole!"

"E ai branzini," disse Pietro, e trincarono in un silenzio pensoso.

"Però non hai nessuna esperienza," disse poi Sandro.

Ettore si strinse nelle spalle. "Imparerò... da solo, in qualche modo. Come quando ho cominciato con i fumetti. Anche quello non lo avevo mai fatto." Sperò che non si notasse l'improvviso disagio.

"Si vede che avevi talento," disse Pietro.

"Occhio. Ti è sfuggito un complimento nei miei confronti."

"*Avevi*, ho detto."

"Okay, scusa. Comunque escludo che serva talento, per vendere il pesce. Ecco, altro grosso punto a favore. Mai sentito dire: che talento, quel pescivendolo... mica come quell'altro, che ci mette solo mestiere. Devo solo vendere pesce a chi mi chiede pesce."

"Mi pare che tu abbia chiarito abbastanza il concetto," disse Pietro. "Dunque, passando dalla teoria alla pratica, vorresti riaprire quella pescheria?"

"Per cominciare devo affittarla, immagino. Ho fatto una foto al cartello. C'era un numero di telefono."

"Lo hai già chiamato?"

"Domani. Prima volevo parlarne con voi."

Sandro inarcò un sopracciglio. "Davvero ti interessa la nostra opinione?"

"Mi interessava parlarne con qualcuno e sentire come suonava," rispose Ettore. "E, vi dirò, suona bene. Quanto alle vostre opinioni, mi interessano sempre. Con questo, non significa che debbano anche influenzare la mia vita."

Sandro sorrise. "Non sia mai."

Ettore allargò le braccia, nella parodia di un gesto di resa. "Avanti, sparate." Il movimento fece traboccare il vino dal bicchiere che aveva in mano. Qualche goccia finì sul pavimento, e Ciccio aggirò il bancone per andare a pulire, alla velocità di un continente alla deriva.

Intanto, Pietro e Sandro si scambiarono una lunga occhiata. Consulto telepatico.

Tornarono a guardare Ettore. "Potrebbe funzionare," disse Pietro. "Almeno la smetteresti di lagnarti per il tuo... lavoro."

"Ti ho sentito!" disse Ettore. "Hai fatto anche tu la pausa!"

Pietro proseguì. "Fai certe facce di sofferenza. Dovresti vederti. Cerchi sempre la compassione altrui. Sembra che tu abbia sulle spalle tutto il peso del mondo, perché qualcuno lo doveva fare ed è toccato a te. Manco salvassi bambini malati o andassi in giro la notte in Batmobile. Sei solo un cazzo di fumettista e, no, non salvi nessuno. Ma, attenzione, questa è la cosa bella: se non ci fossero quelli come te, se non ce ne fosse nemmeno uno, la vita sarebbe un po' peggiore, è vero, meno divertente, okay, ma andrebbe avanti lo stesso. Che meraviglia... non ci pensi? No, che non ci pensi. Potresti goderti questo tuo essere superfluo, questa leggerezza. E invece sei sempre così sofferente, per il tuo... lavoro."

"Ancora con questo discorso," mormorò Ettore, con gli occhi bassi. "È quello che mi dicono tutti. Mi sembra che me lo dica tutta quanta questa città. Me la immagino. Dovrei soffrire soltanto per... vabbè, lasciamo stare."

"Vuoi vendere il pesce?" disse Pietro. "Bravo, fallo. Mi sembra che tu sia ben motivato. È un mestiere come un altro. Non ci sarà più il pericolo che qualcuno te lo invidi, peraltro senza che tu ne riesca a comprendere il motivo."

"E riprendendo il tuo ragionamento," disse Ettore, meditabondo, "se nessuno vendesse più pesce... nessuno mangerebbe più pesce, che è un alimento sano e salutare. Il mondo sarebbe un posto molto peggiore. Addirittura, un posto brutto. La gente avrebbe serie carenze alimentari. Invece, grazie al cielo, ci sono i pescivendoli!" Ettore sorrise. Fenomeno raro e notevole, di quei tempi.

"Che il progetto del pesce vada in porto!" disse Sandro, con un gioco di parole che Ettore sperò involontario. Rialzarono i calici.

Neppure Ettore poteva arrogarsi il diritto di monopolizzare una serata al Fat. Arrivò e se ne andò altra clientela, tutti habitué, e i discorsi cambiarono: un minimo di politica e calcio (tutti dalla stessa parte, in entrambi gli ambiti, che maroni), avventure e disavventure personali e lavorative (Ettore si astenne), mogli ed ex mogli (Ettore ne approfittò per andare in bagno, prontamente imitato da Pietro), dolorini qui, vecchiaia, figli, tasse, spese, rotture random, figa, libri, televisione, musica, altra figa, cucina, pettegolezzi di social, pulizia dei Navigli, mercato immobiliare (Ettore era diventato un esperto, dopo il recente acquisto)... Discorsi da bar che in quel bar erano un po' meno da bar. Parlarono persino di graphic novel. "Sono fumetti!" mugugnò Ettore, come di regola in quei casi, e tuttavia abbassando la voce questa volta soggiunse: "Ma sì, cazzi vostri. Cazzi loro".

Facendo la spola tra tavolo e bancone, Ettore, Pietro e Sandro finirono la bottiglia, finirono i tre taglieri, poi si fecero un'altra bottiglia e altri tre taglieri, poi una bottiglia ancora, poi condivisero le bottiglie di uno che si era lasciato sfuggire che il suo compleanno era la settimana dopo (grave errore), poi – rimasti i soli clienti – si scolarono tre bicchieri della staffa offerti da Ciccio che voleva chiudere, poi altri tre bicchieri della staffa offerti a tradimento da Ettore, sul suo conto, e poi basta. Con uno dei suoi tipici giri di parole, "Fuori dalle palle, adesso", Ciccio aveva suggerito loro di recarsi a casa, o comunque altrove.

8.
Dio stanco e uomo di mondo

Pietro era corso a prendere l'ultima metro, così Ettore si ritrovò da solo con Sandro che era venuto in bicicletta dallo studio e abitava vicino. Ettore aveva un po' più di strada da fare, per la nuova casa, ma aveva già automatizzato il percorso a piedi in qualunque condizione psicofisica. La notte era ancora lunga, per loro. C'erano ancora parecchi locali aperti, ma poca gente in giro. In quel novembre così freddo.

"Il solito?" disse Ettore.

"Il solito," disse Sandro, come rilevando una circostanza ineluttabile.

Lasciarono lì la bicicletta di Sandro, incatenata a una ringhiera, con la speranza di ricordarsene in seguito, e si incamminarono lungo il Naviglio Grande. Erano diretti a una pizzeria al taglio gestita da egiziani con l'intenzione di farsi una birra spacca-gambe. A fare molto silenzio, si sarebbero potuti sentire i loro fegati piangere e supplicare, invano.

"Però io la questione della spigola mica l'ho capita," disse Sandro.

Ettore alzò gli occhi al cielo. "Che cosa non hai capito, ancora?"

"Perché devi chiamarla *spigola*, quando tutti dicono *branzino*. E non soltanto a Milano, secondo me. Guarda, io non ho mai visto scritto spigola in un menu, da nessuna parte."

"Ma spigola è il nome giusto, quello principale. Controlla pure su Wikipedia."

Sandro si fermò, si appoggiò alla ringhiera del Naviglio, tirò fuori il cellulare, ci digitò sopra e stette a osservare lo schermo, stringendo un po' gli occhi. "Cazzo, hai ragione. Ma tu come fai a saperlo?"

"Non lo so, ma lo so. Nel mio... lavoro, si finisce per sapere un sacco di cose. Forse ho scritto una storia con dei pesci, una volta," disse Ettore. "Sì, mi pare di ricordarla."

"Il Ranger con i pesci?"

"No, è stato prima. Quando scrivevo per bambini."

Sandro alzò un dito. "*Anche* per bambini."

"Giusto. Anche."

"Però se scriverai *spigole*, sui banchi della tua pescheria, come si comporteranno i clienti venuti a comprare branzini? Penseranno che non ne hai."

"Chiederanno e spiegherò. Oppure decideranno per i fatti loro di comprare spigole, invece che banali branzini, pensando di fare la figura di grandi esperti di pesce con i loro ospiti. E anche al ristorante, da quel momento in poi, romperanno i coglioni."

"Sì, è possibile." Sandro ridacchiò. "Già mi immagino la scena."

Si rimisero in marcia. C'era quella nebbia sottile, che i vecchi milanesi chiamano "scighera". Loro due, come personaggi di un film in bianco e nero, non del tutto a fuoco.

In una di quelle illuminazioni regalate a volte dall'alcol, Ettore si rese conto di non avere dato una spiegazione completa a Sandro, e nemmeno a sé stesso. "Le chiamo spigole perché mi piace usare sempre le definizioni giuste." Ettore si toccò la fronte con un dito. "Ogni cosa con il suo nome, incasellata al suo posto."

"Certo che sei proprio strano," disse Sandro. "Non conosco nessuno più incasinato e disordinato di te. Quando vengo a casa tua, mi sembra che l'Fbi l'abbia perquisita, eppure... ti piace l'ordine. Hai un cervello ordinatissimo, te lo riconosco."

"Grazie. È la mia natura," disse Ettore. "Sono un uomo ordinato, nato così. Ma combatto questa vocazione all'ordine contrapponendo il disordine e un po' di sciatteria. Perché l'ordine è una brutta cosa, che ti fa soffrire. Ti tradisce sempre, prima o poi arriva qualcosa che butta tutto all'aria. E allora tanto vale che sia già in disordine. Che, almeno, è il disordine che ho voluto io." Era uno di quei discorsi che ogni tanto riescono quando si è bevuto un po', ma ancora non troppo. "Anche il mio... lavoro. Sceneggiare fumetti. Lo amo... lo amavo per questo. Devi dare indicazioni ordinate: cosa bisogna disegnare qui e che cosa là. Descrivere tutto bene, con la posizione precisa nello spazio. Il Ranger va lì... il bandito messicano va là... in mezzo ci mettiamo una roccia, grossa così... e il sole è da quella parte. E la valle è lunga e stretta. È come essere un dio che ricostruisce il mondo, in modo preciso e ordinato, per fare succedere quello che deve succedere. Quello che è giusto che succeda. Le sorprese non sono mai vere sorprese, è tutto preparato per bene, sotto controllo. Tutto ordinato. Questo era il bello del mio lavoro. Poi..."

"Poi?" disse Sandro.

"Poi *boh*," disse Ettore, facendo una pausa un po' più lunga. "Prima era bello pensare a tutto, e poi pensare non è più stato bello. Solo fatica. Sono un dio stanco."

"Sei soltanto un essere umano," disse Sandro, con un'indulgenza che stupì Ettore.

Erano arrivati alla pizzeria e partì la consueta pantomima – in base a un'ordinanza municipale, a quell'ora non si potevano vendere alcolici da asporto.

"O le bevete qui dentro oppure..." disse il pizzaiolo.

Ettore annuì. "Oppure."

Presero anche due panzerotti e uscirono di lì mordicchiandoli, con un'ostentata aria innocente. Salirono sul ponte di pietra e tirarono fuori le bottiglie di birra. Quella che Ettore aveva nascosto sotto il giubbotto e quella che Sandro si era messo in una tasca del cappotto. Le aprirono facendo leva su uno spigolo di pietra. Uomini veri, avvezzi alle cose del mondo. Appoggiarono gomiti e bottiglie alla murata del ponte e puntarono gli occhi sul nastro scuro del Naviglio, che si srotolava davanti a loro per dissolversi all'orizzonte, nella scighera. Ai due lati, le luci fioche dei locali aperti e sagome barcollanti di tiratardi.

"Tra poco ci saranno le luminarie," disse Sandro.

"Già," disse Ettore. Poi biascicò qualcosa sul Natale, che Sandro non commentò. Forse perché non aveva capito o forse perché aveva capito fin troppo bene. Per qualche minuto si dedicarono ai panzerotti e alle birre. Un morso, un sorso, un morso, un sorso, finché Sandro non spezzò il ritmo e, di nuovo, il silenzio: "Non per farmi gli affari tuoi, Ettore...".

"Non sia mai, figuriamoci."

"...ma dove li troverai i soldi, per questa cosa della pescheria? Un po' ne dovrai spendere, per avviare l'attività."

"Riavviare, semmai. La pescheria c'è già, si tratta soltanto di riaprirla. E adesso non bisogna nemmeno più comprare una licenza. Il mercato è libero."

"In ogni caso, dovrai spenderci dei soldi. Fidati, un po' ne capisco."

"Di pesce?"

"Ti ricordo che sono un commercialista, Ettore. Il *tuo* commercialista. So cosa significa mettersi in affari. Una pescheria è un'attività commerciale come un'altra: devi buttarci soldi, all'inizio, e aspettare che tornino indietro, aggiungendone ancora. E so che tu non metti mai da parte niente. Peggio ancora adesso, dopo che ti sei dissanguato per la casa."

Ettore diede una sorsata alla birra, piegando indietro la testa in un gesto teatrale. "Ci sono soldi in arrivo."

"Quali soldi?"

"Quelli dell'opzione," si lasciò sfuggire Ettore.

Ormai la frittata era fatta, con dentro anche i gusci. "Opzione?" disse Sandro. "Quale opzione?"

"Quella di Doc Diablo... per la serie televisiva," confessò Ettore.

Sandro sgranò gli occhi. "Cosa?! Qualcuno vuole fare una serie su quella..."

"Quella merda, esatto," disse Ettore. Poi disse il nome di una casa di produzione e una cifra.

"Cazzo. E come hai fatto a ottenere tutti quei soldi?"

"Non è colpa mia," disse Ettore. "È stato un tragico malinteso."

"Spiegami."

"Quando mi è arrivata la loro offerta... la prima offerta... l'ho rifiutata. Volevo salvare il mondo da uno scempio. Ma loro hanno pensato che non mi bastavano i soldi e ne hanno fatta una seconda, più alta."

"E tu, hai ceduto?"

"No, no... ho rifiutato quella e anche la successiva," disse Ettore. "A quel punto, però, si sono convinti che ci fosse qualcun altro interessato all'opzione. Me l'hanno anche chiesto, e non mi hanno creduto quando ho risposto che non c'era nessuno. Così hanno continuato a giocare al rialzo, in un'asta che esisteva soltanto nel loro cervello. Erano loro contro sé stessi." Ettore scosse la testa, mesto. "Finché, settimana scorsa, sono arrivati a un'offerta che non ho potuto rifiutare. Troppi soldi, troppi."

"Sì, sono davvero tanti," disse Sandro.

"Rifiutarli sarebbe stato sputare addosso alla miseria, e dopo pure prenderla a calci nel culo."

"Non posso biasimarti," disse Sandro. Appoggiò sulla murata il panzerotto, lasciato a metà. "E quindi si farà una serie su Doc Diablo..."

"Non è detto. È soltanto un'opzione, per il momento. Si può ancora riporre fiducia nel genere umano e sperare che il progetto non vada in porto, anche se quelli mi sembrano parecchio motivati."

"Santo cielo. Ma l'hanno letto?"

"Il produttore ha tutta la collezione. Dice di essere un fan. Ha anche il fottuto tesserino del club. Pare che lo tenga nel portafogli." Ettore mandò giù l'ultimo boccone del suo panzerotto e lo masticò tristemente. "È una maledizione senza fine. Un assedio. Tu e Pietro siete un'eccezione alla regola. È uno dei motivi per cui vi stimo."

"Tu però dovresti spiegarlo, alla gente..."

"Ma io ci provo, lo sai! Sono anni che ci provo! I primi tempi ci andavo leggero, per non offendere nessuno. Nelle interviste e negli incontri con i lettori dicevo che *Doc Diablo* era un'opera giovanile, che soffriva di una certa ingenuità, che andava contestualizzato in un momento di particolare e smodata euforia del fumetto italiano, cose così... e loro scrivevano che Ettore Lisio sfoggiava signorile modestia e uno spirito autocritico ammirevole, di esempio per gli autori emergenti, ma eccessivo. Allora ho cominciato a dire che era ora di passare oltre *Doc Diablo*, perché avevo fatto di meglio, portando esempi di scene dementi... e loro se ne uscivano con discorsi sul difficile rapporto fra un autore e i suoi capolavori, citando a sproposito Alan Moore che rinnega *The Killing Joke*... e, insomma, alla fine sono arrivato a dire che *Doc-Diablo-è-una-cagata*. Scandendo bene, così."

"E loro?"

"Niente da fare. Adesso parlano di dichiarazioni provocatorie e atteggiamenti situazionisti... di un autore amareggiato, che vorrebbe farsi una ragione del mancato successo internazionale della sua opera migliore, cercando invano di sminuirla... e ancora la storia del capolavoro, che io odierei perché cosciente di non essere più in grado di raggiungere quei livelli. Ma io lo odio perché *Doc-Diablo-è-una-cagata*!" Ettore svuotò la bottiglia di birra e, a fatica, resistette alla tentazione di scagliarla nel Naviglio.

"Mi dispiace," disse Sandro. "Non mi ero reso conto che la situazione fosse questa. Non mi interesso mai a Doc Diablo. Ai tempi, avevo smesso di leggerlo perché lo consideravo già una merda."

"Lo dici soltanto per blandirmi?" chiese Ettore.

"No, assolutamente no. Lo penso davvero. Lo sai bene. Una merda... o una cagata, come preferisci."

"Grazie," disse Ettore, quasi in lacrime. "Grazie, Sandro."

Si strinsero in un goffo abbraccio, sopra il ponte di pietra. La birra spacca-gambe stava facendo il suo effetto.

"Dai, coraggio," disse Sandro, e si staccò da Ettore che

perse l'appoggio e rischiò di cadere. "Dal male nascerà il bene. Tutto questo dolore ti sarà utile, per la tua pescheria."

"Questo non è il vero dolore, Sandro. Amico mio, dovresti saperlo. Dovresti capirlo. Il vero dolore è un altro," pensò Ettore. Guardò verso la murata del ponte e disse: "Non lo finisci, quel panzerotto?".

"Prego," disse Sandro.

9.

Musica fuori tempo

Verso l'inizio degli anni novanta il fumetto italiano visse una specie di età dell'oro, in cui ogni pietra sembrava pepita e, sovente, rendeva come tale. Bastava avere un cugino tipografo, disposto a fare un piccolo investimento, per mettere in piedi una casa editrice e andare addirittura in edicola con ragionevoli speranze di rimettersi in tasca i soldi investiti e guadagnarci anche. In soldi e in fama.

E poi c'era la fiera di Lucca, che nel 1993 diventò Lucca Comics, in cui tutti vendevano di tutto. Era un vincere facile, perché perdere era davvero difficile, anche a sforzarsi. Anche a produrre purissima merda. L'importante era la sfacciataggine. Se cammina come un grande autore di fumetti e starnazza come un grande autore di fumetti, probabilmente è un grande autore di fumetti. E allora corriamo a comprarli e a farceli autografare. Un giorno potrebbero valere qualcosa.

Quello delle autoproduzioni era un discreto affare, anche senza bisogno di arrivare all'edicola. Serie come *Il Massacratore*, *Rigor Mortis*, *Fuochi fatui* o *Capitan Italia* arrivavano a vendere quattromila copie, soltanto nei giorni di Lucca, con un prezzo di copertina di almeno tremila lire. Quando stamparle era costato al massimo seicento lire l'una. Aggiungendo le vendite per corrispondenza, quelle nelle prime fumetterie che cominciavano a spuntare nelle grandi città e quel che arrivava da mercatini e fiere assortiti, c'erano giovani fumettisti in grado di vivere soltanto del loro lavoro.

Fu proprio subito dopo la prima edizione di Lucca Comics, con questo nome, che Ettore Lisio, allora ventiquattrenne, decise quale delle due strade prendere per agguantare il successo, fra musica e fumetto. E qui vale la pena di fare una digressione, se volete farvi un'idea più precisa della persona.

Con la musica era sempre stato un po' troppo indietro e un po' troppo avanti, mai giusto. Per Ettore, la passione per post punk e new wave era arrivata quando quella roba stava già invecchiando, sulla scena internazionale, e molti dei gruppi seminali si erano sciolti da un pezzo. In futuro, Ettore avrebbe spacciato i Joy Division come band dei "miei tempi", anche se Ian Curtis si era suicidato quando lui era alle elementari. I "miei tempi", dopo una certa età, sono quelli che uno si sceglie e sbandiera. Forte delle lezioni di piano prese quando era alle medie, sul finire del liceo Ettore si era attrezzato con un sintetizzatore Korg – pagato a rate, con bollettini postali, dai genitori – e, prima ancora di riuscire a comprendere l'esatta funzione di ogni manopola, aveva messo in piedi alcune delle migliori (ancorché uniche, d'accordo) band di post punk di Pavia, città dove era nato e all'epoca risiedeva. Tutto questo, però, mentre la scena della musica indipendente italiana viveva con entusiasmo l'avvento del garage rock e della nuova scena psichedelica. Da qui il paradosso: da una parte post punk e new wave mantenevano nel loro Dna uno spiccato modernismo. Rappresentavano il superamento del rock'n'roll, il taglio dei ponti con il blues e il soul. Erano la musica del futuro per antonomasia e, per sempre, lo sarebbero state. Ma quel futuro ora era considerato già vecchio, mentre il passato era la musica del presente. C'era da perderci la testa, e difatti Ettore non riusciva a farsene una ragione. Il revival di suoni anni sessanta lo aveva colpito alle spalle, a tradimento. Le cose che sentiva lui erano troppo moderne e quindi... già sorpassate.

Si ostinava a vestire di nero e a portare i capelli corti, tenuti su con il sapone, mentre attorno spopolavano i "nuovi" capelloni, con camicioni colorati a fiori e spirali. Ci provò con i Litania di Morte, che arrivarono a un passo dal realizzare un disco, poi con i Totensonntag e infine con i Parenti Defunti. Ma si vede che non era un buon momento per la morte.

Se con la musica Ettore era sempre stato in anticipo o in ritardo, quando non entrambe le cose insieme, con i fumetti si era sempre tenuto al passo con i tempi. Aveva comprato e amato "Dylan Dog" fin dal primo numero, stimandone subito la grandezza e l'importanza, quando era ancora ben lontano dal diventare un fenomeno di massa. Non aveva mai smesso di leggere i supereroi della Marvel, anche mentre in Italia quell'universo subiva una diaspora fra tanti editori. Aveva letto *Watchmen* e *Il ritorno del cavaliere oscuro* nelle loro prime traduzioni, su "Corto Maltese". Aveva collezionato "Frigidaire" e recuperato addirittura "Cannibale", manifestando la giusta venerazione per Mattioli, Tamburini, Liberatore, Scozzari e Pazienza. Soprattutto lui: Andrea Pazienza. E cercava di non perdersi un'edizione della fiera di Lucca, che all'epoca si svolgeva due volte l'anno (oltre al tradizionale primo fine settimana di novembre, anche in primavera), dove faceva il pieno di autoproduzioni: gli stavano simpatiche e tifava per loro, anche perché coglieva un'affinità con la musica indipendente. Inoltre gli autori autoprodotti erano gente della sua età, che non se la tirava. Incontrarli era facile: erano tutti lì, nelle tensostrutture della fiera, impegnati a vendere i loro albi agli stand, dal produttore al consumatore. Erano allegri, chiassosi, sbruffoni ma in un modo giusto. Più che disposti a scambiare quattro chiacchiere perfino con un darkettone di Pavia.

Ettore aveva sempre sognato che qualcuno lo riconoscesse, come musicista. Non per strada, magari. Non esageriamo. Ma almeno in un negozio di dischi, di quelli specializzati in musica alternativa, o in un locale dove quella roba si ascoltava e, perfino, ballava. Negozi e locali che, per inciso, erano motivo di trasferte a Milano, il sabato pomeriggio. L'inizio di un amore.

Mai era accaduto, però, che qualcuno lì dentro mostrasse di riconoscerlo. Neppure qualcuna (aveva una certa memoria per le ragazze, in particolare) che lui era convinto di avere visto al concerto di una delle sue band. E invece accadde che fu riconosciuto mentre sostava davanti a uno stand di Lucca, intento a sfogliare il numero zero di "Killer Bob".

In copertina c'era un allegro grassone armato di sega elettrica. Titolo: *Preludio al massacro*. Sopra la testata, erano indicati come autori "Biglia & Jaco". In base al tradizionale ordine usato nei fumetti, il primo doveva essere lo sceneggiatore e il secondo il disegnatore, a meno che non avessero fatto tutto insieme. I disegni non erano male. Sprigionavano un'energia beffarda, ribelle, in tavole che di contro avevano una composizione ordinata e una grande leggibilità. La storia invece, come si poteva capire già solo leggiucchiando qui e là, era prevedibile e velleitaria. Il grassone, dapprima deriso e vessato da tutti, veniva rapito dagli alieni, che gli infilavano una sonda nel culo. Si ritrovava di conseguenza dotato di superforza, con cui andava in cerca di un riscatto sociale facendo a fette chi gli stava antipatico. Ettore ne avrebbe potuto fare una recensione così, su due piedi.

"Oh, ma tu..." Una voce, da dentro lo stand. Ettore abbassò l'albo e alzò lo sguardo, di scatto, sentendosi in colpa.

"Tu sei un Parente Defunto?" gli chiese un biondino con un piercing nel sopracciglio (per l'epoca ancora una rarità). Al suo fianco, dentro lo stand, c'era un ragazzo basso e corpulento, con la testa rasata e tentacoli tatuati che gli si avviluppavano al collo. Costui rivolse un'occhiata perplessa prima al biondino e poi a Ettore.

"Suoni con loro, no?" chiese ancora il biondino.

Incredibile. A fatica, Ettore recuperò la voce. "Con i Parenti Defunti? Sì, certo. Suono le tastiere... cioè, il synth. Ma come... come mi hai riconosciuto?"

"Eri vestito così anche la sera che vi ho visti suonare al Viridis. Ci avevo fatto caso." Fece un cenno verso la maglietta nera, su cui si stagliava il teschio bianco simbolo del Punitore, che Ettore indossava sotto il chiodo portato aperto.

"Avevo fatto caso anche alla musica," lo rassicurò il biondino. "Niente male. A me quelle cose piacciono ancora."

"Ancora."

"Non siamo rimasti in tanti, lo so. È un peccato che quella sera ci fosse poca gente."

"Be', neanche così poca," precisò Ettore.

Quello rasato aveva continuato a osservare, incuriosito. "Io sono Gianni," disse il biondino, "e lui è il mio socio, Biglia. Non è il suo vero nome, però lo chiamano tutti così. Io invece uso il nome d'arte Jaco soltanto per i fumetti."

"Siete voi, allora. Gli autori."

"Io scrivo e lui disegna," disse Biglia.

Ettore annuì gravemente.

Era l'una passata e c'era un momento di calma, mentre la folla di visitatori della fiera si disperdeva in cerca di un panino con qualsiasi cosa. Ettore e i due autori si fermarono un po' a chiacchierare. Si presero le misure a vicenda.

Gianni e Biglia abitavano a Milano, il che li metteva già su una specie di piedistallo, rispetto a Ettore che credeva ancora che i ragazzi di città, di *quella* città, fossero sempre più avanti su tutto (che ridere, a ripensarci oggi). Gianni spese qualche buona parola sui Parenti Defunti. "Belli anche i testi. Quella canzone sui bianchi cavalli morti..."

"Bianchi cavalli *alati* morti," specificò Ettore. "Il testo l'ho scritto io. Veramente, li scrivo quasi tutti. Mi piace. Lo facevo anche negli altri gruppi, prima di questo."

"Bei testi, davvero. Molto fighi," disse Gianni, con uno sguardo pensoso a Biglia. E aggiunse, ora guardando Ettore: "Sono come delle storie".

Dalla musica, si tornò rapidamente ai fumetti. I due autori chiesero a Ettore che cosa ne pensasse di "Killer Bob". Lui rispose che lo aveva soltanto sfogliato, però l'impressione era "molto buona". "Bellissimi disegni," puntualizzò. Notato lo sguardo sofferente di Biglia, aggiunse: "I testi non li ho ancora letti, però mi sembra una storia interessante".

"Uno sceneggiatore non fa solo i testi," spiegò Biglia. "Dà indicazioni precise di che cosa dev'essere disegnato nella storia, vignetta per vignetta, pagina per pagina. Primi piani, campi lunghi... dall'alto, dal basso... la recitazione dei personaggi... tutto quanto."

"Sì, certo," disse Ettore, anche se non aveva ben presente.

"Io però ci metto l'interpretazione!" disse Gianni. "E comunque i testi... le parole che leggi... sono importanti." Di nuovo un'occhiata a Biglia, che ricambiò ingrugnato.

Andarono avanti a parlare, soprattutto Gianni ed Ettore, finché la fiera non tornò a riempirsi. Alle spalle di Ettore, si compose una piccola ma pressante fila di gente in attesa di aggiudicarsi una copia autografata di "Killer Bob". Ettore riprese quella che aveva sfogliato e la porse a Gianni. "Lo prendo." Estrasse il portafogli, ma Gianni si precipitò a dirgli di lasciare perdere. Era un regalo, per il tastierista *e paroliere* dei Parenti Defunti.

Gianni si sedette e prese un astuccio da cui estrasse dei pennarelli, che a Ettore parvero stupendi attrezzi del mestiere. Aprì l'albo e fece un gran bel disegno del personaggio, con la sega elettrica in una mano e la testa mozzata di Ettore nell'altra, grondante di sangue. Impiegò un paio di minuti, mettendoci anche il colore (rosso), poi scrisse la dedica, *Al mio amico Ettore, gran maestro delle parole!*, firmò e passò l'albo a Biglia che ci appose sotto uno scarabocchio, per tornare subito a broccolare una tipa capitatagli a tiro.

Gianni richiuse l'albo e lo consegnò a Ettore. "Fammi sapere che cosa ne pensi," gli disse. "Che cosa ne pensi *di tutto*."

"Ho capito," disse Ettore, perché aveva capito.

"C'è il mio numero di telefono, dentro, fra i contatti," disse Gianni.

"Va bene, ti chiamo. Promesso," disse Ettore. E pochi giorni dopo, tornato a casa, mantenne la promessa. Nel frattempo, aveva sciolto I Parenti Defunti. Aveva una proposta per Gianni, il quale a sua volta aveva una proposta per lui.

10.
Il metodo del fosso

I due Moment preventivi, mandati giù dopo aver finito il panzerotto e salutato Sandro, avevano eroicamente combattuto ed eroicamente perso. "Da oggi astemio, per sempre," biascicò Ettore, con la stessa ferma convinzione manifestata in occasione di ogni altro risveglio del genere, nella sua vita. Un uomo deve avere dei princìpi, almeno, poi alla fine si vedrà.

Leggiadro quanto un sacco di cemento, si tirò su e raggiuse il bagno. Sullo specchio trovò un post-it: *Papà, fai meno casino quando torni a casa la mattina, che io devo andare a scuola poche ore dopo!!* Il pennarello era rimasto appoggiato lì vicino. Ettore aggiunse un accento (*ché*) e un punto esclamativo (o uno o tre, due mai). Anche la doppia sottolineatura lo disturbava, ma non poteva farci nulla. Questi giovani...

Già mentre pisciava, con la testa appoggiata al muro, cominciò a controllare il cellulare. No, non aveva fatto strane o inopportune chiamate e non c'erano messaggi sconvenienti a persone sbagliate. Ricompose i ricordi della sera prima. Un puzzle privo di alcuni pezzi, ma con un quadro d'insieme abbastanza chiaro e confortante. Spostatosi in cucina, mentre tracannava caffè, una ventata di ottimismo rimosse una parte dei fumi dell'alcol: i suoi progetti per il futuro avevano ricevuto l'approvazione di Pietro e Sandro, nientemeno. Ma soprattutto aveva convinto sé stesso. Tra l'altro, gli risultava che la vita del pescivendolo prevedesse risvegli all'alba, se non prima, per recarsi in quel luogo ammantato di leggenda noto come mercato del pesce. Quindi avrebbe dovuto darsi per forza una regolata. Tranne la domenica sera, dato che il lunedì è giorno di chiusura per le pescherie. Bene. Una sola sera alla settimana avrebbe potuto concedersi qualche bicchiere. Ma sì, tutto sommato non c'era bisogno di diventare astemi.

Insieme al caffè, buttò giù un altro paio di Moment, affidando loro il compito di vendicare i compagni caduti nella notte, e mangiò l'ultima merendina rimasta nella confezione. Stava aggiornando la lista della spesa, da lasciare alla signora delle pulizie che sarebbe passata nel pomeriggio, quando, per un inesplicabile collegamento di idee, cominciò a prendere forma una soluzione per la pensatona del Ranger, che si perfezionò sul water e sotto la doccia, luoghi deputati alle opere dell'ingegno.

Si sarebbe avvalso del "metodo del fosso", prima scavato e poi riempito. Il Ranger avrebbe meditato su una dura e violenta vendetta contro il bandito Gonzales e i suoi complici. Avrebbe deciso di mandarli tutti quanti "a ingrassare la terra", elencandoli mentalmente, con le loro malefatte. Magari con l'aggiunta di qualche sana vignetta di flashback, per non dover disegnare soltanto il Ranger a cavallo con espressione pensosa. E questa sarebbe stata la parte dello scavo del fosso. Dopodiché il buon Ranger avrebbe deciso che era meglio assicurare la banda alla giustizia, perché dopo un regolare processo finissero a penzolare dalla forca, come monito per tutti. E qui stava il riempimento del fosso. In pratica, la storia non sarebbe andata né avanti né indietro, ma il lettore non se ne sarebbe accorto e avrebbe trovato quelle pagine interessanti, quanto basta. C'era soltanto da evitare che il Ranger desse l'impressione di pensare una cazzata e dopo pentirsene, facendo la figura del babbeo. Ma Ettore Lisio sapeva come fare. Sarebbe sembrato un ragionamento lineare, in cui veniva esaminata e scartata una lista di ipotesi (oh, ecco il collegamento di idee con la lista della spesa), arrivando a una soluzione di cui andare a testa alta.

Avendo già scritto tutta la storia, Ettore sapeva che in seguito il Ranger avrebbe sterminato la banda di messicani, ma perché costretto dalle circostanze. "Se la sono voluta!"

Ancora in accappatoio, agitò il pugno in segno di trionfo. Era sempre un campione del mondo. Che presto, però, avrebbe cambiato sport. La pensatona sulla *pensatona* lo aveva distratto dal suo obiettivo primario, che ora tornò a sgomitargli nella mente. La pescheria.

Afferrò il cellulare, lasciato sotto lo specchio, e visualizzò la foto scattata al cartello affisso sulla saracinesca del negozio il giorno prima. A proposito, che giorno era oggi? Ettore aveva spesso di questi dubbi, in settimane che scorrevano tutte uguali, tutte fatte di giorni di... lavoro in studio e serate nei soliti posti. Comunque era mercoledì, ed erano passate da poco le dieci, non era troppo presto per telefonare. Ettore restò a scrutare la foto, perplesso, rendendosi conto che non poteva comporre il numero direttamente, cliccandoci su. Che rincoglionito. Staccò il post-it dallo specchio e, con il pennarello, ci trascrisse sopra il numero di telefono, a fianco del messaggio di Patrizia. Ora era pronto a fare la chiamata che avrebbe cambiato la sua vita. Anzi, no: gli sembrò disdicevole farla dal bagno, in accappatoio. Avrebbe rovinato la poesia e la solennità del momento.

Scelse con cura dall'armadio un maglione, fra la decina neri con la scollatura a V e la decina blu scuro con la scollatura a V. Prevalse il blu, perché si sentiva di buon umore. Gli era addirittura passato il mal di testa. Nel mondo dei piccoli Moment, c'erano due nuovi eroi acclamati fra ali di folla.

Selezionati i jeans meno sporchi e vestitosi di tutto punto, Ettore riprese cellulare e post-it, e compose il numero. Non prima, per dirla tutta, di essersi dato una tastatina scaramantica in mezzo alle gambe.

Uno squillo. Un altro squillo. Un altro squillo. Un altro squillo. "Eddai, cazzo, rispondi," mormorò. Un altro squillo. Quanti ne avrebbe aspettati? Un altro squillo e un altro ancora. E un altro.

"Chi... chi è?" Una voce femminile, spaventata e sorpresa, come se ricevere una telefonata fosse un evento imprevisto e inspiegabile.

"Buongiorno," disse Ettore. "Chiamo per quel cartello, sulla pescheria."

"Sulla pescheria?"

D'accordo, giusto specificare. "Sulla serranda della pescheria chiusa. C'era scritto AFFITTASI, con questo numero di telefono."

"Io... non lo so." Nelle poche parole dette finora dalla misteriosa interlocutrice, Ettore notò un accento particolare, straniero.

"Mi scusi, cos'è che non sa? Ho sbagliato numero?" chiese. Ma no che non aveva sbagliato. Ettore era sicuro di averlo trascritto e composto con precisione.

"Io non so... non posso." La voce sembrava sempre più spaventata. Fu a questo punto che si aggiunse un'altra voce, in sottofondo. Maschile, roca e dura. "Chi è? Che cosa vuole?"

"La pescheria..." disse la voce femminile. Poi ci furono entrambe le voci, confuse e attutite. Ettore intuì che lei doveva avere messo una mano sul microfonino del telefono.

"Pronto? Pronto?! *Pronto?!*" Ettore alzò la voce, fino a urlare.

Rumori di colpi e un gemito femminile strozzato, seguiti dalla voce maschile: "Chi cazzo sei?". Il telefono doveva essere passato di mano.

"Come ho già detto alla signora di prima, mi chiamo Ettore Lisio e vorrei affittare la pescheria."

"E perché?"

"Per riaprirla."

"Per farci cosa?"

"Per venderci prosciutti," disse Ettore. "Fuori c'è l'insegna *Pescheria*, ma uno entra e ci trova prosciutti. È un'idea di marketing."

Silenzio. Poi: "Mi stai prendendo per il culo?".

Ettore stava per confermare l'ipotesi, ma questa volta riuscì a resistere al canto delle sirene dell'ironia. "Mi scusi," disse. "Stavo scherzando."

"Scherzavi con me?!"

Il tipo doveva averla presa male. Ettore cercò di rimettersi sulla buona strada. "Senta, le chiedo scusa, davvero. Era soltanto una battuta, così, per socializzare. Mi interessa affittare quella pescheria."

"Non è in affitto."

Ma come? Le spigole si stavano allontanando, all'orizzonte, facendo ciao-ciao con le pinne. Mentre il Ranger e i banditi messicani se la ridevano. Ettore ebbe un conato di rabbia. Non era giusto.

"No, un momento! Aspetti! Lei non può!" strillò nel cellulare.

"Che cosa?" chiese la voce maschile. "Che cosa non posso, io?"

"Non può mettere un cazzo di cartello AFFITTASI e dopo *non* affittare! Io... io... io la denuncio! Vado alla polizia!" Questa minaccia era una colossale scemenza, ed Ettore se ne capacitò sentendosi un pirla. Eppure...

"Ah," disse la voce. "Ah." Di nuovo.

Ettore vide un varco in cui intrufolarsi. "Credo che abbiamo cominciato con il piede sbagliato," disse, amichevole. "Rifacciamo da capo, okay?"

"Okay."

"Ora, le chiedo: lei vuole o *non* vuole affittare quella pescheria?"

"Dobbiamo parlarne," disse la voce maschile.

"Ne stiamo già parlando."

Una lieve esitazione, poi la voce puntualizzò: "Vediamoci di persona".

"Va bene. Di persona ci si capisce meglio," disse Ettore, speranzoso. "Quando ci vediamo... e dove?"

"Oggi," disse la voce maschile. Propose un posto e un'ora.

"Benissimo," disse Ettore, "ci sarò. Lei è il signor..."

"Ci vediamo," disse la voce maschile.

"Fanculo, stronzo," disse Ettore, dopo avere verificato che l'altro avesse chiuso la telefonata.

11.
Le stelle sono soltanto puntini di luce

Ettore era già a metà strada verso lo studio, quando si rese conto di non avere lasciato i soldi alla signora delle pulizie. Gli toccò andare a fare un bancomat, rientrare a casa e a quel punto si era fatto proprio tardi. Il Boss stava aspettando la scena sostitutiva. Se si fosse portato dietro il computer, il giorno prima, ora avrebbe potuto lavorare a casa. Invece doveva correre in studio. A malincuore, prese un taxi che pagò con i pochi contanti rimastigli dal prelievo. Arrivò in studio con un tarlo che gli rodeva. Per questioni di sensi unici, il taxi non era potuto passare per la strada della pescheria. Peccato: gli sarebbe piaciuto fare un controllo. Ma ora doveva tornare al suo solito... lavoro.

Testa bassa sul computer, si mise a scrivere la scena della pensatona. Gli venne piuttosto bene, va detto, anche se ci mise più del previsto, perché a un certo punto ebbe uno dei suoi non così rari scatti di orgoglio e si mise d'impegno perché quelle pagine non fossero un mero riempitivo (di un fosso). Quando ebbe finito e spedito al Boss, si accorse che era già pomeriggio. A quell'ora l'unico disposto a cucinargli qualcosa era Igor. Uscì dallo studio, lasciando lì nuovamente borsa e computer.

Raggiunse la Taverna Corsara per la strada più breve e trovò l'amico fuori, intento a buttare dei sacchi nel cassonetto dell'umido.

"Igor, non mi dire che quello è..."

“Santo cielo, ma perché ti interessa tanto?”
“Non ci crederai, ma è una questione di lavoro.”
Igor scrutò Ettore. “Hai detto lavoro in un modo strano, senza...”
“Ti spiego dopo, magari. Adesso ho fame.”
Rientrando nel locale, Igor girò il cartello CHIUSO verso l’esterno della porta a vetri e andò a prendere pane, salumi e una bottiglia di rosso.
“Sarei astemio,” disse Ettore.
“Certo.” Igor versò.
Durante il pranzo, Ettore raccontò del suo progetto della pescheria, evitando però di metterci troppa enfasi per paura che Igor gli proponesse di diventare soci, cosa che comunque fece.
“Mah, vediamo,” disse Ettore. “Stamattina ho chiamato e sembra che ci sia un problema. A proposito...” Controllò l’orologio. “Devo andare. Ho un appuntamento.”
Igor lo guardò incuriosito, ma Ettore agitò la mano come per scacciare qualcosa. Non aveva voglia di spiegargli anche quello. Scaramanzia.

Era tardo pomeriggio, ma il buio era quello della notte e ci si era messa pure la scighera. Tutto molto suggestivo, in foto. Ettore camminava veloce, il colletto del giubbotto alzato. Per arrivare al luogo dell’appuntamento fece in modo di passare davanti alla pescheria. La serranda era sempre abbassata, ma il cartello era sparito. Ecco. Ne fu deluso, ma non stupito. Meditò di telefonare ancora a quel numero, per chiedere conferma dell’appuntamento, ma ormai mancava così poco che tanto valeva andarci e sperare in bene.
A metà della strada c’era un vicolo laterale, attraverso il quale si arrivava a uno spiazzo circondato da alberi, con quattro panchine in croce e altrettanti lampioni. I loro coni di luce rendevano l’ambiente simile a un palco, in cui Ettore si ritrovò come unico attore. “Andiamo bene,” disse, sbuffando vapore. Si sedette su una delle panchine, il cellulare in mano per

giochicchiarci e soprattutto controllare l'ora. Era un tipo preciso, con gli appuntamenti. Arrivare soltanto cinque minuti prima era già un ritardo, per lui. Adesso ne mancavano tre. Si impose una ragionevole pazienza. Intanto cercò di immaginare l'aspetto del tipo dalla voce roca, ricorrendo ai più triti stereotipi della canaglia.

Undici minuti più tardi, un'ombra emerse dagli alberi. Ettore ebbe un sussulto. Forse era lui. Ma alla luce dei lampioni l'ombra si trasformò in una ragazza. Che poi, a guardarla meglio, sarebbe stato più giusto definire "giovane donna". Doveva avere sui trent'anni, e questo lo si capiva dal volto e dal modo di muoversi, dalla postura, anche se il fisico era esile, minuto, adolescenziale. Da un cappottino nero spuntavano gambe sottili, strette in jeans attillati. Tristi stivali mollicci, ai piedi. Anche il viso era magro, affilato, in contrasto con gli occhi grandi, di quelli che restano sempre un po' sbarrati, condannati a uno sgomento perenne. I capelli potevano essere biondi o rossi – difficile valutare, in quella luce artificiale giallastra che distorceva i colori. Non era bella, ma quasi. Tutta questa descrizione si compose nella mente di Ettore in pochi secondi. Il suo... lavoro lo aveva reso bravo in questo genere di cose. Se una persona destava in lui particolare interesse, la trasformava subito in personaggio, delineato dai tratti fondamentali. Come dentro a una sceneggiatura.

Lei si guardò in giro, poi si sedette sulla panchina dalla parte opposta, in silenzio, e tirò fuori un cellulare su cui cominciò a digitare. Ettore evitò di fissarla più a lungo, un po' per non metterla in imbarazzo, un po' perché era arrivato alla logica conclusione che la giovane donna non c'entrasse nulla con il suo appuntamento. Come se nel mondo ci si potesse affidare alla logica, adesso.

Tornò a controllare l'ora. Sedici minuti di ritardo. Valutò l'ipotesi di levarsi da lì, e che quella testa di cazzo andasse a farsi...

"Sei tu quello della telefonata?" Una voce dura e roca. Quella voce.

Ettore sollevò lo sguardo. L'uomo era lì di fronte a lui, al centro dello spiazzo. Se lo avesse incrociato in un'altra occasione non lo avrebbe notato: tutto in lui sembrava insignificante. Il cappotto grigio, pesante, la sciarpa grigia, i pantaloni, anch'essi grigi, afflosciati sui mocassini, almeno quelli color cuoio. E la faccia, di un ometto di mezza età, con gli occhiali dalla montatura di metallo a rendere ancora più piccoli gli occhi, sotto i capelli impomatati, ma forse soltanto sporchi, portati con la riga di lato. Un signor nessuno. Tranne che per quella voce.

"Sei quello della telefonata?" disse ancora.

"Sì," disse Ettore. "Credo di essere io. Buonasera." Si alzò in piedi e sorrise, tendendo la mano a vuoto.

"Posso andare, adesso?" A parlare era stata la donna. Ed Ettore riconobbe l'accento straniero della telefonata, quella stessa incrinatura nella voce.

L'uomo parve scocciato ed esitante. Poi scrollò le spalle e disse. "Ma sì, torna pure. Ci vediamo dopo."

Tutto fu chiaro, per Ettore: l'uomo aveva mandato la donna in avanscoperta. Quando lei aveva visto lì Ettore, da solo e con la sua aria inoffensiva, aveva scritto un messaggio di via libera con il cellulare. Solo allora, lui era arrivato. Ma di che cosa aveva paura, quel coglione? Aveva preso sul serio la minaccia di rivolgersi alla polizia?

La donna si alzò dalla panchina, guardò l'uomo, guardò Ettore e guardò ancora l'uomo. Si voltò e sparì fra gli alberi. Tornò a fondersi con l'ombra da cui si era materializzata.

"Bene," disse l'uomo, rivolto a Ettore. "Ce l'hai un documento?"

Se gli avesse chiesto se aveva un Winchester, Ettore sarebbe stato meno sorpreso. Poi pensò che potesse esserci di mezzo l'affitto, magari avrebbero chiuso l'affare seduta stante.

"Ho la carta d'identità," disse Ettore.

"Dammela," ordinò l'uomo.

Affare o non affare, quei modi a Ettore non piacevano. "E perché dovrei?"

L'uomo sembrò rifletterci su. Annuì, come se fosse arrivato a una conclusione.

"Allora?" disse Ettore. E l'uomo gli tirò una sberla.

Così, semplicemente. Un colpo secco, fortissimo.

Fu come se la guancia di Ettore esplodesse. La testa gli scattò di lato e sembrò poter fare un giro completo. Sentì una fitta al collo. Il cellulare gli schizzò via di mano, come una saponetta.

Non era giusto. Non era valido... Non funzionava così, nelle scazzottate che aveva sceneggiato tante volte. Si cominciava con un pugno alla bocca dello stomaco, per fare insaccare l'avversario, a cui seguiva un montante al mento o un gancio alto al volto. Di rado, entrambe le cose. Ma uno schiaffo mai. *Mai* visto il Ranger tirare uno schiaffo. Era un colpo sgraziato e volgare. Vietato. Questo avrebbe pensato Ettore, se ne avesse avuto tempo e modo. Avrebbe anche protestato, a viva voce. Ma riuscì soltanto a gemere, prima che l'uomo gli desse un calcio nei testicoli. Questo non lo avrebbe mai fatto nemmeno l'ultimo dei banditi messicani.

Ettore andò giù, a piombo. Crollò a terra e si piegò in posizione fetale, con le mani fra le gambe. In un angolo del cervello, rimasto lucido, annotò che allora era proprio vero: il dolore faceva vedere le stelle, anche se non precisamente come nei fumetti. Puntini di luce, nelle tenebre.

"Resta lì, non muoverti," gli disse la voce roca e dura.

E chi ce la faceva, ad alzarsi?

Ettore percepì i movimenti dell'uomo, che si chinava su di lui, lo rigirava mettendolo a faccia in su, gli apriva il giubbotto e gli frugava nelle tasche, fino a trovare il portafogli. Intanto quella costellazione immaginaria svanì, insieme a una porzione di dolore, ed Ettore ritrovò la vista. O forse, soltanto, riaprì gli occhi. L'uomo incombeva sopra di lui, nuovamente in piedi. Stava esaminando il contenuto del portafogli.

"Non hai soldi?" chiese, ma senza manifestare grande interesse. Pura curiosità.

"N-no..." mormorò Ettore. "Stamattina ho fatto un bancomat, ma..."

"Cazzi tuoi," disse l'uomo. Gettò via il portafogli e tenne solo la carta di identità. Era ancora di quelle vecchie, pure scaduta. Ettore non si era preso la briga di rinnovarla, cambiandola con un moderno tesserino di plastica. Per questioni legali o burocratiche, si serviva di passaporto o patente. Ma continuava a tenere anche quel documento, ormai inutile, nel portafogli. Era un ricordo.

"Vediamo..." L'uomo aprì la carta d'identità. "Ettore Lisio... il nome mi pare di averlo già sentito... nato il... mmm... professione: scrittore. Pensa un po'. E che cosa scrivi, libri?"

"No, no!" disse Ettore, agitando le mani. "Scrivo fumetti!" (Ci sarebbe stato da specificare che i libri possono anche essere a fumetti, e quindi la distinzione era inesatta, ma non si dilungò.)

"Ah, bene. E quali scrivi? 'Zagor'? A me piace 'Zagor'."

"No..." ammise Ettore.

L'uomo lo guardò dall'alto, con aria delusa. "E allora cosa scrivi?"

Ettore gli disse che scriveva il Ranger.

L'uomo approvò: "Mi piace anche quello, anche di più! Che storie hai scritto?".

Con un supremo sforzo di memoria, Ettore gli elencò alcuni titoli.

A un certo punto, l'uomo intervenne. "Quella mi pare di averla letta. C'erano dei banditi messicani."

"Già," disse Ettore.

"Non era male." L'uomo guardò ancora la carta d'identità. "Ettore Lisio... aspetta, non è che sei quello di Doc Diablo?"

Ettore si sentì sprofondare nel nucleo incandescente del pianeta Terra. "Sì, sono io," confessò.

"Mi faceva schifo," disse l'uomo. E, seppure in quel contesto conflittuale, Ettore avvertì un lampo di solidarietà e comprensione tra loro.

L'uomo richiuse la carta d'identità e se la mise in tasca. "Questa mi servirà a ricordarmi dove abiti," spiegò. "Hai capito?"

"Ho capito."

L'uomo osservò Ettore. "Niente fede al dito," disse, "ma

questo non significa molto. Sulla carta d'identità c'è scritto che sei coniugato. Insomma, ce l'hai una moglie?"

"No," disse Ettore. "Non ce l'ho più," si sentì obbligato ad aggiungere.

"E che fine ha fatto?"

Ettore serrò le labbra.

L'uomo gli diede un calcio in un fianco, come per tirare un rigore. Ettore tornò a riveder le stelle. Se non altro, però, le maniglie dell'amore avevano attutito la botta.

Quando la fitta si placò, vide che l'uomo ora aveva raccolto il suo cellulare. "Dammi il codice."

"Uno, due, tre, quattro, cinque," disse Ettore.

"Ci avrei scommesso," disse l'uomo. Armeggiò un po' con il cellulare. "Vediamo WhatsApp... contattati di frequente... Patrizia... chi è? Ha messo la foto di un gattino, ma dubito che Patrizia sia un gattino."

Qualcosa di freddo strisciò lungo la spina dorsale di Ettore. "È... è una mia collega!"

"Fa anche lei fumetti?" chiese l'uomo, sogghignando. "E ti scrive chiamandoti papà? Ecco una foto... bel tipo. Cos'avrà... diciassette anni? Diciotto? È l'età migliore."

"Cazzo, no! Maledetto bastardo, non osare! Ti ammazzo!" pensò Ettore. "Per favore..." disse.

L'uomo lasciò cadere a terra il cellulare. "Ricapitoliamo, dunque," disse. Ettore aveva già notato come parlasse con una proprietà di linguaggio a tratti perfino eccessiva. Colpa delle cattive letture, forse. Colpa dei fumetti. "So dove abiti e so di tua figlia, Patrizia," proseguì l'uomo. "Potrei venirvi a cercare, per fare molto male a te... a lei... o a entrambi. L'una sotto gli occhi dell'altro. Ovviamente, non lo stesso trattamento. Con lei sarebbe più divertente. Porterei qualche amico, per tenervi fermi. Poi vi terrei fermi io, per ricambiare il favore." Disse così, con questa accorta scelta di parole, che lo rendeva ancora più crudele e spaventoso. Disumano.

"Ti prego, no," disse Ettore.

"Allora tu vedi di dimenticarti la storia della pescheria," disse l'uomo. "E tutto il resto. Anche quello che sta succedendo adesso. Non pensarci nemmeno, ad andare alla polizia. Capito?"

"Capito, capito... capito!"

L'uomo sorrise: "Sì, hai capito". Si girò e fece per andarsene.

"Posso alzarmi, adesso?" chiese Ettore.

"No," disse l'uomo senza voltarsi. "Resta giù ancora un po'."

Ettore sentì i suoi passi allontanarsi. Steso a terra, guardava il cielo, con le stelle vere, tenendosi una mano sul petto. Il dolore stava svanendo, sebbene lo preoccupasse una sensazione di gonfiore all'inguine. E ancora di più un senso di sconfitta, di impotenza, che accelerava il respiro. Rimase ad ascoltarlo, le pulsazioni del cuore che rimbombavano dentro le orecchie. E poi un'altra voce, femminile, con quel misterioso accento straniero.

"Come stai?"

La donna era riapparsa e lo osservava, nella stessa posizione in cui prima era l'uomo dalla voce dura e roca e dal lessico preciso. A Ettore parve impaurita, triste. Perduta, sperduta.

"Sto... bene," le disse. "Abbastanza bene."

"Stai attento," gli disse la donna. "Lui è cattivo."

"Lo sospettavo," disse Ettore, sforzando un sorriso. Quel dialogo dall'alto al basso aveva qualcosa di surreale.

"Lui è *molto* cattivo. Lui fa male alle persone, si diverte. Io non posso..." La donna si interruppe, guardandosi attorno, spalancando quegli occhi già così grandi per natura. Doveva avere avvertito un pericolo, una presenza. Ettore pensò che l'uomo fosse rimasto nei paraggi a controllare che lui non si rialzasse. "Vai," disse alla donna, "scappa."

Ettore la sentì correre. E poi altri passi ancora, in avvicinamento. Si preparò a rivedere quell'uomo molto cattivo, sopra di lui.

Invece vide un'altra faccia. Diversa, ma già nota.

"Ehi, sei ancora tu..." gli disse il tizio magro e curvo che aveva incontrato il giorno prima, davanti alla serranda della pescheria. “Che cosa ci fai lì per terra?”

“Mi riposo,” disse Ettore. “Ero un po’ stanco e mi sono steso.”

“Ma sei scomodo.”

“Sì, hai ragione. Ora che me lo fai notare, erano meglio un divano o un letto. Però tu ne vedi in giro?”

Il tizio si guardò attorno. “No, non vedo nulla. Ci sono solo le panchine.”

Ettore concluse che l’uomo dalla voce dura e roca doveva essersene andato. “Dai, aiutami ad alzarmi,” disse al tizio, puntando un gomito a terra.

Il tizio esitò. “Sicuro che non sei uno sbirro?”

Ettore disse alcune cose irriferibili.

12.

L'importanza di non chiamarsi Ettore

Avete presente il classico locale texano, di tanti film e telefilm, quando entra uno "straniero" e tutti si girano a fissarlo, bloccandosi dove sono, mentre cala il silenzio? Bene, al netto di sputacchiere, vetusto jukebox e tavoli da bigliardo, al Fat le cose andavano un po' così, quando si palesava una faccia nuova.

"Lui è un amico," disse Ettore, sulla soglia, indicando il tizio. "Vende droga."

"Ah, okay," disse Ciccio. "Molto divertente. Ma tu, Ettore... che cos'hai? Sembra che ti abbiano preso a botte." Una delle più lunghe sequenze di parole mai pronunciate da Ciccio. C'erano una decina di clienti. Tutti, *ça va sans dire*, abituali, che ora avevano spostato la loro attenzione dal tizio a Ettore.

"Sì, mi hanno preso a botte," disse Ettore, anche questa volta come se stesse scherzando. E aggiunse: "È una storia lunga," dando a intendere che non poteva mica raccontarla lì, subito e a tutti. Le storie lunghe hanno bisogno del proprio tempo e del proprio spazio, oltre che di un pubblico ancora più selezionato.

Ettore ricompose i capelli, si sfiorò la guancia dove aveva preso la sberla ed evitò di darsi anche una pubblica controllata alle palle, ripromettendosi di farlo dopo, in bagno. Non doveva avere l'aspetto dei giorni migliori, e il giubbotto, sporco e lacerato, faceva la sua parte. A ogni modo, la laconica spiegazione era bastata. Tutti erano tornati a farsi amichevolmente gli affari loro.

Ettore diede un'occhiata al tavolo in fondo al locale. Era stato lasciato libero, come aveva chiesto a Ciccio via WhatsApp, subito dopo avere raccolto il cellulare miracolosamente illeso. Con lo stesso sistema aveva convocato urgentemente i Fat Boys, ma non ne era ancora arrivato nessuno.

Non gli andava di sedersi da solo, inoltre si sentiva grato al tizio che lo aveva accompagnato fin lì, assicurandosi che si reggesse in piedi, come in una scena di guerra con soldato ferito. Era un bravo ragazzo, per essere uno spacciatore. La perfezione non è di questo mondo.

"Posso offrirti qualcosa da bere?" chiese Ettore.

"Va bene," disse il tizio. Il verbo *offrire* fa sempre il suo bel lavoro.

Seguito dal tizio, Ettore arrivò al tavolo in fondo. Prima di sedersi si levò il giubbotto, constatando i danni (ma la pelle è bella anche rovinata), e lo appoggiò allo schienale della sedia. Il tizio si limitò a slacciare un paio di bottoni della giacca. Dal tavolo Ettore fece un cenno a Ciccio, che annuì. "Ho ordinato," spiegò, rivolgendosi ancora al tizio, che non commentò.

"Senti, devo continuare a chiamarti *Ehi-tu-tizio*, oppure hai un nome?"

Quello lo guardò con sospetto. Non disse nulla, ma fu come se passassero i sottotitoli.

"Santa pazienza!" esclamò Ettore. "Non sono uno sbirro! Mi sembra che questo concetto sia già stato sviscerato abbastanza. A me basta chiamarti con un nome, per comodità. Se non mi vuoi dire quello vero, sceglitene pure un altro."

"Un nome che voglio io?" Sembrava che l'idea gli piacesse. "Una specie di pseudo..."

"Uno pseudonimo, certo." disse Ettore. "Avanti, un nome qualunque."

"Ettore," disse il tizio. "Scelgo Ettore."

Ettore si chiese che cosa avesse mai fatto di male nella

vita. Ma evitò di rispondersi, sebbene le risposte non mancassero.

"Perché?" disse.

"Perché Ettore mi piace. Non va bene?"

"No," disse Ettore, con pazienza. "Ettore non va bene."

"Ma tu avevi detto che potevo scegliere..."

"Ettore sono già io. Non hai sentito come mi chiamava il barista?"

"L'ho sentito, sì, l'idea deve essermi venuta da lì. Ma non possiamo chiamarci Ettore tutti e due? Non è mai stato vietato chiamarsi con lo stesso nome. L'ultimo anno che sono andato a scuola, in classe c'erano tre Luca."

"D'accordo," disse Ettore, prendendo un lungo fiato, "tuttavia, potendo scegliere, meglio evitare due nomi uguali, non credi? Per non fare confusione."

Il tizio annuì, con aria assorta. "È vero, ci sta. Ora che ci penso, in classe si faceva casino, con tutti quei Luca. Quando la maestra ne chiamava uno, doveva aggiungere il cognome. Oppure indicarlo."

"Quindi è più comodo se ti scegli un altro nome," disse Ettore. "Diverso dal mio."

"Però adesso non mi viene in mente niente," disse il tizio, grattandosi una guancia.

"Allora te lo invento io, un nome. È la mia specialità. Ne invento continuamente, per... lavoro."

"Sei un inventore di nomi?"

"No, invento storie."

"Sei un bugiardo?"

Ettore stava per dire una cosa, però ne disse un'altra: "Sì, sono un bugiardo".

Il tizio annuì ancora, come se la risposta di Ettore non gli comportasse problemi etici o dilemmi logici. "Allora che nome mi dai?" chiese poi.

L'arrivo di Ciccio, con bottiglia e bicchieri, diede a Ettore il tempo di pensarci su. Guardò meglio il tizio e aggiunse alcuni dettagli alla descrizione mentale del giorno prima, quando pensava che non avrebbe mai più avuto contatti con lui.

Adesso invece era un personaggio di questa storia. Si soffermò sul naso lungo e sui capelli neri che gli penzolavano ai lati della testa. Gli sorrise, e lui ricambiò mettendo in mostra una dentatura scombinata, con denti un po' troppo grandi.

"Pippo," disse Ettore. "Il tuo nome sarà Pippo."

"Perché Pippo?"

"Perché è il simpatico amico di Topolino," disse Ettore, "che lo aiuta nelle indagini." Vide il tizio irrigidirsi. "Topolino *non* è un poliziotto. Non è nemmeno un investigatore privato. E Pippo è un nome che ti sta bene, fidati." Stava anche pensando a una storia di Andrea Pazienza, dove Pippo era uno sballato, che si faceva, e Topolino andava a rompergli le balle. Ma non si dilungò.

"Ci sta," disse Pippo. "Chiamami così. Però, a pensarci bene, non ho mica capito perché è tanto importante che io abbia un nome, per te."

"Mi aspettavo che tu facessi questa osservazione, caro Pippo. Magari anche prima," disse Ettore. "Preferisco che tu abbia un nome perché credo che continueremo a frequentarci. Potresti essermi d'aiuto. Come *consulente*. Ti pagherei, pure."

"E che cosa dovrei fare, come... consulente?"

"Te lo spiego dopo, Pippo. Lascia che arrivino anche gli altri, così racconto tutto una sola volta."

E gli altri arrivarono. Nell'ordine, Pietro, Sandro e Igor, che aveva affidato la gestione del locale alla cameriera. Difficile che ci fossero folle di clienti a cui badare, alla Taverna Corsara, soprattutto un mercoledì sera di novembre.

Uno alla volta, notarono che Ettore aveva un'aria stropicciata e chiesero che cosa era successo, ma furono ancora più incuriositi dal tizio presentato come "il mio nuovo amico, Pippo". Ettore lasciò che la suspense crescesse, finché anche Igor non si fu seduto e versato da bere.

"Bene, ci siamo tutti," disse. E si mise a raccontare. Un'attività in cui, bisogna concederglielo, ci sapeva fare. Si compiacque dei loro sguardi attenti, rapiti, e del silenzio interrotto soltanto da qualche esclamazione di stupore.

"Che cosa ne pensate?" disse alla fine.

"Che storia," disse Pippo. "Brutta storia. Però anche bella, forte."

"Io mi starei cagando addosso, Ettore," disse Sandro. "Non so come fai a mantenere questa calma. Quell'uomo ha minacciato te e Patrizia. E sa dove abiti!"

Ettore si era pregustato quel momento. "Sa dove *abitavo*, vorrai dire. La carta d'identità è scaduta, c'è ancora il vecchio indirizzo."

Colpo di scena. I suoi amici ammutolirono per qualche istante, prima di scoppiare a ridere. Rise anche Pippo, ma con l'aria perplessa di chi non ha capito una barzelletta.

"Ho cambiato casa, sei mesi fa," gli spiegò Ettore.

"Cazzo," disse Pippo. "Allora hai finto di essere spaventato, quando quel bastardo ha detto che vi veniva a beccare a casa."

"Finto... insomma," gli disse Ettore. "Sul momento, non avevo collegato bene le cose."

"Meglio. Così non ti ha sgamato."

"Aspetta, Ettore," intervenne Pietro, "non è che quello può scoprire dove abiti adesso?"

"E come? Non ho cambiato zona, ma non può mettersi a perlustrare tutti i Navigli."

"Non so... andando al vecchio indirizzo e chiedendo in giro."

"I miei ex vicini non sanno dove mi sono trasferito. Non l'ho detto a nessuno. Non l'ha fatto nemmeno Patrizia, perché le ho chiesto io di evitare. Me ne sono andato e basta."

"Sei scappato." Sandro lo aveva solo mormorato, ma la frase si era sentita bene lo stesso.

"Scappato da cosa?" chiese Pippo.

"Da quella casa. Era troppo... troppo piena."

"Di che cosa?" Pippo non sembrava rendersi conto delle occhiatacce che gli rivolgevano Sandro, Pietro e Igor.

"Era piena di ricordi," disse Ettore.

E prima che Pippo andasse avanti, una domanda alla volta, come un martello, Ettore aggiunse: "Ricordi di Beatrice, mia moglie. È morta, due anni fa. Ha attraversato con il rosso, davanti a quella casa, e una macchina l'ha investita".

Fine. L'aveva detto.

"Mi dispiace," disse Pippo. E si vedeva che gli dispiaceva davvero. "Brutta storia."

"Sì," disse Ettore. "Una storia brutta."

Alzò il bicchiere, brindarono tutti e bevvero qualche sorso in silenzio.

"Comunque," disse poi Sandro, "non c'è pericolo che quell'uomo ti rintracci lo stesso?"

"È molto improbabile, fidati. Praticamente impossibile. Ho una certa esperienza, in queste cose. Neanche il più psicopatico dei miei fan o dei miei detrattori è mai riuscito a trovarmi, e so che ci hanno provato. Niente nome sul citofono, né a casa né in studio. Mai una foto dei posti in cui sto, nemmeno su Twitter o Facebook, che fra l'altro uso pochissimo. E non rispondo mai a domande personali, in nessuna occasione..."

"Ma sa chi sei. Potrebbe contattare la casa editrice, con qualche scusa," disse Pietro.

Ettore fece un mezzo sorriso. "Figurati. Quelli della casa editrice non ci cascano."

"Questo non significa che devi sottovalutare le minacce," disse Sandro.

"Non le sottovaluto, stai sicuro. Le metto soltanto nella giusta prospettiva."

"Potrebbe anche incontrarti per caso, per strada," disse Igor. "Sono cose che capitano."

"Altroché. Questa città, quando vuole, non è poi così grande," disse Ettore, ripensando ad Alice (o Annalisa, Angela...). "Ma il punto è fare in modo che lui non mi venga a cercare."

"Allora non andrai alla polizia e dimenticherai tutta questa storia, come ti ha chiesto," disse Sandro.

"Metà e metà. Alla polizia non ci vado, anche perché non saprei *chi* denunciare. Lo stronzo non si è presentato..."

"E non hai testimoni," osservò Pippo, che doveva avere adeguata competenza. "Quando sono arrivato io eri lì da solo, steso a terra."

"...però," proseguì Ettore, "questa storia non me la posso dimenticare. C'è anche quella donna, che mi ha chiesto aiuto."

Si ritrovò addosso quattro sguardi stupiti. "Ti ha chiesto aiuto?" disse Pietro. "Questo non ce l'hai raccontato, mi pare."

"Non è che me l'ha proprio chiesto, così. Era una richiesta *implicita.*"

Gli sguardi si spostarono da lui per incrociarsi fra loro. Perplessità e imbarazzo ronzarono nell'aria.

"Ettore, che cazzo vuoi fare?" chiese Pietro. "Salvare belle donne in pericolo?!"

"Non era bella," precisò Ettore. "Ma neanche brutta, se è per questo. In ogni caso, di sicuro era in una situazione molto spiacevole. Quell'uomo le ha fatto del male... probabilmente, glielo sta facendo ancora. E noi non possiamo sbattercene."

Sandro alzò un dito. "Hai appena usato la prima persona plurale."

"Voglio soltanto che voi mi aiutiate a capirci qualcosa," disse Ettore. "Senza che nessuno corra dei rischi, nemmeno io. E meno che mai Patrizia. *Dopo* che avremo capito, *se* avremo capito, decideremo che cosa fare o non fare."

Pietro scosse la testa. "Ettore, non siamo in un fumetto."

"Vedi forse Winchester o banditi messicani?" disse Ettore. "Comunque, se voi non ci state, me la caverò da solo. Con Pippo."

Pippo sobbalzò. "Ehi, perché io?!"

"Perché ti pago."

"Allora, a posto," disse Pippo, mettendosi quieto. Un eroe dei nostri tempi.

Ettore guardò gli altri. "Be', che cosa decidete? Ci state o no?"

"Ci hai presi per scemi?" disse Igor.

13.
Le idee sono nell'aria

In un futuro non troppo remoto, si è conclusa una sanguinosa, nel senso più letterale, guerra mondiale fra umani e vampiri. Questi ultimi sono stati sconfitti e i pochi rimasti in vita, sempre che di vita si possa parlare, non costituiscono più un pericolo. Sono stati tutti sottoposti a un trattamento a base di Raggi V che consente loro di nutrirsi di normali alimenti, senza succhiare sangue. Ma, come ogni guerra, anche questa ha lasciato ferite aperte. I vampiri sono ancora considerati una razza reietta e dannata, su cui accanirsi per vendetta o troppo spesso soltanto per sadico piacere. Con un ribaltamento di ruoli, i mostri più spietati sono ora gli umani. Le leggi non bastano, a salvare gli innocenti vampiri. A difenderli, arriva Alan Harker: lui stesso appartenente alla stirpe di Dracula, immune però ai Raggi V.

La serie *Harker, the Human Hunter* esordì sul primo numero del magazine antologico "Killer Bob Presenta", pubblicato in occasione di Lucca Comics 1994. Ai testi, un tale Ettore Lisio: giovane autore emergente, passato nel volgere di un anno dalla musica al fumetto. Dopo avere sciolto i Parenti Defunti, a Ettore era bastato levarsi le borchie e smettere di tirarsi su i capelli, mantenendo invece l'abbigliamento rigorosamente nero. Quanto allo sfondarsi di birre e canne, di sera, contribuiva a dare un'adeguata aria torva e sofferente, di giorno. Da dark a esistenzialista il passo è breve.

Anche il giro di amici era cambiato. Al ritorno dalla Lucca Comics del 1993 Ettore si era messo subito in contatto con Gianni, che gli aveva proposto di rincontrarsi un sabato pomeriggio, primo di tanti, in un negozio di fumetti appena aperto sul Naviglio Grande, vicino al ponte di ferro. Una trentina di chilometri di distanza da Pavia, percepiti come un anno luce. Non era come quando Ettore andava a comprare dischi. Quello era molto più di un negozio, era un punto di incontro e confronto, era un circolo per menti elevate e impallinate, era un portale fra universi.

Stavano lì tutti assieme, tutti vicini negli scaffali: comics americani, albi italiani, manga giapponesi, cartonati francesi e, in un angolo non troppo nascosto, autoproduzioni talvolta firmate da clienti di quello stesso negozio, come nel caso di "Killer Bob". Gente che spendeva in fumetti quello che guadagnava con i fumetti. Economia circolare ed ecosistema chiuso.

Ettore entrò subito a fare parte della clientela abituale, come se glielo avesse imposto qualcosa nel Dna. Tanti amici per tutta la vita, di cui in futuro avrebbe avuto soltanto un ricordo complessivo e confuso – a eccezione di Gianni e Biglia.

Non che fosse diventato amico di entrambi in ugual modo e in ugual misura. Gianni lo aveva accolto subito come un pari, se non addirittura con ammirazione. Sembrava riconoscere in Ettore qualcosa che a Ettore stesso sfuggiva. Un'intuizione. Era stato Gianni il primo a suggerirgli l'idea di scrivere fumetti. "Mettici dentro le cose delle canzoni dei Parenti Defunti," gli aveva detto un pomeriggio, mentre erano rimasti da soli nel negozio. "Sangue, morte, violenza... ironia e poesia. C'è già tutto."

"Deve anche *succedere* qualcosa," aveva risposto Ettore. "Servono delle storie."

Gianni aveva allargato le braccia, come per abbracciare tutti i fumetti accatastati nel negozio. "Che problema è? Di storie è pieno il mondo."

"Già," aveva detto Ettore, guardando la gente che passeggiava lungo il Naviglio, fuori dalla vetrina. "Pieno il mondo. Però tu non le inventi."

"Io le disegno. Non sono uno sceneggiatore."

"Neppure io. Non so nemmeno come si fa."

"Chiedi a Biglia," aveva detto Gianni. "Anche lui, all'inizio, ha dovuto imparare da qualcuno. Non è che nasci sceneggiatore."

In effetti Biglia aveva imparato dai suoi professori, a scuola. Nella Milano delle meraviglie, c'era perfino una scuola di fumetto, con un corso biennale. Ma Ettore sentiva di non avere tutto quel tempo. E i suoi genitori non avrebbero pagato un'altra retta, oltre a quella della facoltà di Lettere da studente fuoricorso. (Spoiler: laurea mai presa.)

Anche Biglia era un amico, ma non amico quanto e come Gianni. Benché Biglia ed Ettore avessero affinità caratteriali, in particolare nell'alternarsi di spavalderia e insicurezza, e gusti fumettistici affini, mantenevano sempre una distanza di sicurezza, che si accorciava soltanto con un ingente supporto di birre e canne.

"Posso vedere le tue sceneggiature?" aveva chiesto Ettore a Biglia, poche ore dopo quella chiacchierata con Gianni. Si trovavano nell'appartamento in cui Biglia viveva da solo, grazie al sostegno della danarosa famiglia che lo aveva lasciato partire dal natio Sud alla ricerca di gloria e successo nella maliarda Milano. Appartamento che faceva anche da redazione per "Killer Bob". Lì si conservavano i preziosi materiali di lavorazione.

"Le mie sceneggiature?" Biglia aveva guardato Ettore con sospetto. "E perché ti interessano?"

"Perché voglio capire che cosa c'è realmente dietro alle storie di 'Killer Bob'. I disegni di Gianni sono bellissimi, non si discute, ma..."

"Credo di capire che cosa intendi," aveva detto Biglia. Pronto ad allevarsi la serpe in seno.

Così Ettore aveva potuto leggere le sceneggiature di "Killer Bob", ma non solo. Biglia aveva accettato di rispondere a tutte le sue domande. E quando le risposte di Biglia erano finite, Ettore aveva iniziato a trovarsele da solo. Il mestiere dello sceneggiatore un po' l'aveva rubato e un po' l'aveva inventato. Già diventando maestro, mentre ancora era allievo. Ognuno, nella vita, cerca il suo gatto. Nello sceneggiare fumetti, Ettore aveva trovato una tigre da cavalcare.

Quando mesi dopo Gianni e Biglia gli avevano parlato del progetto di un magazine antologico, volto a sfruttare il relativo successo di "Killer Bob", Ettore si era buttato.

"Voglio scriverci qualcosa anch'io," aveva detto. "Ho già un'idea."

"Che idea?" aveva detto Biglia.

"Poi vi spiego," aveva detto Ettore, come tante volte in futuro. "Preferisco scriverla, prima."

L'idea gli era venuta, l'aveva scritta ed era nato *Harker, the Human Hunter.* Sceneggiatura di Ettore Lisio e disegni firmati da Jaco, l'alias di Gianni. Il primo episodio era stato messo in chiusura di "Killer Bob Presenta", l'antologia arrivata fresca di stampa a Lucca. Il resto del magazine era costituito da storie scritte da Biglia e disegnate da Jaco e da altri giovani di belle speranze destinate, per gran parte di loro, a rimanere tali.

Due mesi dopo, usciva la recensione su "Fumo di China", rivista di critica fumettistica venduta anche in edicola. Rispettata, odiata e temuta. Ettore guardò l'unica cosa che guardavano tutti: quanti pallini. Soltanto *tre*, merda. Fu tentato di chiudere la rivista e buttarla nel cestino, a fianco all'edicola. Poi si degnò di leggere anche la recensione, in cui si spiegava che i pallini sarebbero stati sei, il massimo, se il magazine fosse stato tutto dedicato a *Harker, the Human Hunter*, "grazie alla brillante sceneggiatura di Ettore Lesio, un nome da non dimenticare". C'era scritto proprio così. Ettore *Lesio*, fanculo. Però, soprattutto, che grande figata.

Un po' meno grande per Biglia, quella sera, quando si ritrovarono a casa sua, insieme a Gianni e ad altri amici del giro.

"Non capiscono un cazzo," gli disse Ettore, battendogli una mano sulla spalla. Si noti che Ettore stava cominciando a pensarlo davvero. Com'era possibile che qualcuno parlasse così bene di lui?

Malgrado la tiepida accoglienza, Gianni e Biglia decisero di insistere con il magazine, dandogli una cadenza trimestrale. "Così potrai continuare con la tua cosa di vampiri," disse Biglia a Ettore, facendo cadere la concessione dall'alto. Ed Ettore si mise al lavoro, alzando la posta.

Accadde che una sera Gianni arrivò con una notizia straordinaria. Erano a casa di Biglia, tanto per non cambiare, e c'era tutto il solito giro di fumettari, compreso Ettore che si sarebbe fermato lì a dormire per non dover tornare a Pavia, la notte, chissà in che condizioni.

"Cazzo, abbiamo sfondato!" annunciò Gianni. Si riferiva al mondo del fumetto. Quello di serie A.

Le autoproduzioni di "Biglia & Jaco" venivano stampate nella tipografia di un amico di uno zio di Gianni, il quale faceva un buon prezzo e non si incazzava troppo per i ritardi nei pagamenti. Quelli per lui erano spiccioli in confronto alle commesse di dépliant e cataloghi per le aziende e pubblicazioni per *veri* editori, destinate all'edicola. Uno di questi editori era la IronPress, di Armando Ferretti e famiglia, specializzato in album da colorare, con allegati adesivi, palloncini e, nelle edizioni più lussuose, pistole ad acqua. Ebbene, mentre si trovava dallo stampatore per ritirare un bancale di *Colora lo zoo degli animali allegri*, Armando Ferretti in persona era stato incuriosito da uno scatolone pieno di "Killer Bob Presenta". Il terzo numero, per la precisione, di cui erano avanzate un po' di copie.

A quanto pareva, Ferretti lo aveva sfogliato e ci aveva visto qualcosa che l'aveva indotto a portarselo a casa per leggerselo bene. Dopodiché aveva chiamato il tipografo e si era fatto spiegare da dove arrivava quel giornale a fumetti e chi lo faceva.

"Insomma," disse Gianni, mentre gli astanti lo ascoltavano con grande attenzione, passandosi una canna, "ha chiamato a casa mia e ha chiesto di parlarmi. Mi ha raccontato tutto e mi ha detto che ci manderebbe in edicola."

Biglia fece un gesto scomposto, rovesciando una Peroni ancora piena per un quarto, che nessuno si preoccupò di raddrizzare. "'Killer Bob Presenta' in edicola?!"

"Be', no, non esattamente," disse Gianni, "ma ancora meglio! Ha detto che vorrebbe fare una roba un po' alla 'Dylan Dog'."

"E ti pareva," disse Ettore. A quell'epoca "Dylan Dog" aveva superato il mezzo milione di copie vendute. "Sarebbero novantaquattro pagine di fumetto, più due di frontespizio e rubriche."

"Possiamo farcela," disse Biglia, rivolto a Gianni. "Tu disegni il primo numero. Magari i primi due, dai. Poi troviamo qualcuno che ti affianchi, con la tua supervisione. *Tutti* vogliono andare in edicola." Su questo aveva ragione.

"Sì," disse Gianni. "Pensavo anch'io che potremmo fare qualcosa del genere. Ma prima abbiamo questioni più urgenti. Il signor Ferretti ha chiesto di mandargli tre proposte, tra cui scegliere. Tre idee nuove, però... un po' come 'Dylan Dog'."

"Questo lo abbiamo capito," disse Biglia.

"Vuole un horror," disse Ettore. "Con le tematiche di Dylan. Però bisognerebbe evitare un altro clone del cazzo. In edicola ce ne sono già abbastanza."

"E per quando vuole queste tre proposte?" Biglia si era rivolto di nuovo a Gianni, trascurando le osservazioni di Ettore.

"Prima gli arrivano, meglio è. Non vorrei che gli passasse la poesia. Mi ha dato il numero di fax. Bastano poche righe di testo per ogni proposta. E qualche schizzo, che faccio io. Tanto per cominciare e fargli vedere che siamo reattivi. Poi vediamo come reagisce lui."

"Il tipo non ti ha spiegato che cosa gli è piaciuto, di preciso, in 'Killer Bob Presenta'?" domandò Ettore. "Per capire meglio da che parte andare."

"No, non me l'ha detto," disse Gianni.

"Ma non potresti telefonargli, per chiederglielo?"

"Ettore, non serve!" intervenne Biglia. "Ci ha già detto che vuole una specie di 'Dylan Dog'! E poi non dobbiamo rompergli troppo i coglioni!"

Gli altri al tavolo stavano zitti, come comparse sullo sfondo di un film. Nomi in piccolo, nei titoli di coda.

"Un paio di idee le ho già in mente, comunque," continuò Biglia.

"E una posso mettercela io," disse Ettore, "se mi viene."

Biglia scambiò un'occhiata con Gianni, che fece cenno di sì con la testa. Ed Ettore immaginò che stessero pensando entrambi a quella recensione. Ai tre pallini che avrebbero potuto diventare sei.

Cominciarono a parlarne, senza perdere altro tempo. Biglia ed Ettore, soprattutto, con Gianni a fare da giudice. Gli altri (e chi si ricorda chi erano?) servirono solo a preparare una spaghettata. Se alcuni di loro, che in fondo di fumetti un po' ne capivano, provarono a proporre qualcosa, il dato non fu registrato.

Più tardi, nel cuore della notte, rimasero soltanto Ettore e Biglia, seduti al tavolo, uno di fronte all'altro, e Gianni sul divano. Ettore prendeva appunti, sopra un taccuino che si portava dietro da quando aveva cominciato ad atteggiarsi a scrittore. In questo caso, anche segretario di redazione.

Fumarono tutto il fumo, finirono tutte le birre e attaccarono una losca bottiglia di limoncello preparato da una zia di Biglia.

Il paio di idee di Biglia si erano rivelate una rielaborazione di "Killer Bob" e una smaccata versione in team di "Dylan Dog", in cui gli indagatori dell'incubo erano due maschi e una femmina. Ettore aveva proposto di aggiungere il fantasma di un attore comico, come spalla; aveva inoltre provato a rielaborare l'idea del contro-eroe vampiro, già alla base di *Harker, the Human Hunter*, senza sollevare grande entusiasmo in Biglia e Gianni. Erano poi saltate fuori un sacco di mezze idee, rimaste tali.

Verso le tre di notte Ettore si accorse che Gianni si era addormentato sul divano.

"Biglia, fermiamoci qui. Siamo stanchi," disse. Tralasciando che erano anche ubriachi e fumati.

"No, no aspetta... ancora, pensiamoci ancora..." biascicò Biglia, che ci aveva dato dentro anche più di Ettore. "Ci serve solo un protagonista..."

"Solo? E dici poco?"

"Adesso ci arriviamo... ne sono sicuro. Forse hai ragione tu... non dev'essere un umano. Ma un vampiro no... no. Ci sono già troppi vampiri, in giro."

Ettore dovette ammettere che era vero, pensando anche a quel film con Tom Cruise e Brad Pitt.

"Ma neanche un fantasma," disse Biglia. "I fantasmi sono... sono mosci."

"Va bene. Ma allora cosa resta?"

In risposta, Biglia farfugliò qualcosa, con in mezzo "diavolo". Ettore riuscì a cogliere soltanto quella parola.

"Un diavolo? Potrebbe funzionare," ammise. "E che cosa fa questo diavolo?"

"Va... va a caccia di diavoli."

"Sì, certo. Fa l'esorcista," disse Ettore. "È un diavolo che scaccia i diavoli. Guarisce gli indemoniati."

"Un dottore..." disse Biglia. "Un Dottor Diavolo. C'è anche la doppia iniziale, come Dylan Dog e Martin Mystère."

Ne parlarono ancora un po', prima di crollare entrambi.

Ettore si svegliò verso mezzogiorno in una branda messa nel corridoio, a uso stanza degli ospiti. Come da copione, aveva un saporaccio in bocca e un cerchio alla testa, ma avrebbe potuto andare peggio. Ricordava come era arrivato lì e che cosa era successo.

Si infilò i pantaloni e raggiunse la cucina, dove ritrovò Biglia e Gianni, seduti al tavolo ancora ingombro di bottiglie. Notò che quella del limoncello era vuota. Era rimasto lì anche il suo taccuino.

Stavano bevendo caffè, servendosi da una grossa moka. Scambiò con loro qualche monosillabo di saluto e andò a cercarsi una tazza pulita. Alla fine, si accontentò di un bicchiere della Nutella e raggiunse gli amici al tavolo.

Adesso Biglia aveva in mano il taccuino, aperto, e lo stava scrutando. Sembrava avere difficoltà a mettere a fuoco, mentre Ettore e Gianni si spartivano il caffè rimasto. Poi alzò gli occhi dal taccuino e disse: "Doc Diablo... non è male, però".

"Mmm... sì," disse Gianni.

"Io non mi ricordo un cazzo," disse Biglia. "Dovevo essere troppo fuso." Mostrò il taccuino. In cima a una pagina stava scritto DOC DIABLO, in grande, con sotto righe fitte di appunti, il tutto nella grafia di Ettore.

"È una tua idea?" chiese Biglia a Ettore.

"Sì," rispose Ettore. "È un'idea mia."

Il peccato originale.

14.

Più veri che dal vero

"Ehi, sei tornato presto," disse Patrizia. "Abbastanza."

"Ero stanco," disse Ettore, sulla soglia della cucina.

"Si vede. Hai una faccia... ma anche il resto. Che cosa ti è successo, papà?"

"È stata una giornata incasinata. Problemi." Ettore esitò. "Con il Ranger."

Patrizia fece una risata leggera. "E che ti ha fatto? Ti ha picchiato?"

Ettore si era dato una sistemata nel bagno del Fat e poi anche in ascensore, guardandosi allo specchio, appena prima di entrare in casa. Ma si vede che non era bastato, non per la vista a raggi X di una figlia.

Sforzò un sorriso: "Sì, mi ha fatto ingoiare la dentiera".

"Non esagerare. Non sei ancora così anziano. E ti lavi sempre bene i denti, come mi hai insegnato. Come mi *avete* insegnato."

Ettore spostò lo sguardo sul tavolo apparecchiato per una sola persona. Con un solo piatto, sporco. Siccome non sapeva cosa dire, disse solo: "Hai mangiato".

"Scusa, papà. Pensavo che non tornassi a cena. Se vuoi, è avanzata un po' di pasta. L'ho appena messa in frigo. Te la scaldo nel microonde?"

"No, no, grazie... non ho molta fame. Ho pranzato tardi e ho mangiato qualcosa anche al Fat."

"Mangiato e *bevuto*."

Ettore rivolse un'occhiataccia alla figlia. "Che fai, mi controlli?"

"No, ma dovrei."

Risero. "Non ho esagerato, stasera," disse Ettore.

"Lo so, me ne accorgerei!"

Patrizia sparecchiò quel poco che c'era da sparecchiare. "La lavapiatti è quasi piena. Domani mattina falla andare, dopo la colazione."

"Agli ordini," disse Ettore.

"Io andrei in camera, adesso. Devo studiare." Sembrava dispiaciuta di negare la propria compagnia al padre, per una sera che si ritrovavano a un'ora decente, e con lui in condizioni decenti.

"Vai, tranquilla. Devo lavorare un po'," disse Ettore.

Patrizia lo osservò. "...Ma non hai portato a casa il computer."

Ettore si batté un dito sulla fronte. "Il mio lavoro comincia qui, non lo sai?"

"Buona fortuna," disse Patrizia. Risero ancora.

Ettore si scostò dalla porta, per lasciare uscire la figlia. Ma quando lei gli passò a fianco la attirò a sé, con impacciata dolcezza, in un abbraccio.

"Come va, piccolina?" le disse, guardandola poi negli occhi.

"Va," disse Patrizia.

"Ti manca... lei ti manca tanto, lo so. Manca tanto anche a me," pensò Ettore. Sarebbe stata una bella frase, in un brutto film. Lasciò andare la figlia e la seguì con lo sguardo, nel corridoio.

"Mi chiudo in camera," disse lei, voltandosi appena. "Così non mi disturbi, se vuoi sentire un po' delle tue musiche lugubri."

"Sciocchina. Piacciono pure a te," disse Ettore. Ma Patrizia aveva già chiuso la porta.

In soggiorno, meditò davvero di mettere su un po' di musica. Tra l'altro, c'erano tutti quei dischi ancora incellofanati da smaltire, comprati per puro vizio. Ma la musica lo avrebbe distratto. Anche il silenzio, però, gli avrebbe impedito di concentrarsi. Sarebbe stato peggio ancora: nel silenzio si facevano largo i pensieri sbagliati, sempre là fuori ad assediarlo. Là fuori, là dentro. Mentre a lui ora servivano i pensieri giusti. Così accese il televisore e lo tenne a basso volume, su un programma qualunque di qualcosa "da incubo", cucine o cessi. Questo non avrebbe catturato la sua attenzione.

Si lasciò cadere sulla poltrona-pensatoio. Doveva riflettere su quanto era avvenuto quel giorno e sulle questioni emerse in serata al Fat, durante il consiglio di guerra. Soprattutto doveva escogitare un piano. Forse più di uno.

Prese il telefono e, per prima cosa, tornò a controllare quel numero copiato dal cartello sulla serranda e archiviato in rubrica come *Spigole*.

Pur avendo già verificato mentre era al Fat, ci provò anche adesso. Niente. La donna non risultava fra i contatti raggiungibili via chat. Non che avesse avuto intenzione di mandarle un messaggio, tantomeno di chiamarla, con il rischio di metterla nei guai se l'infame le sorvegliava il telefono. Ma gli sarebbe piaciuto trovare una sua foto. Oppure, se non una foto, anche soltanto un'immagine, che suggerisse qualcosa in più di quella giovane donna.

Si sentiva attratto da lei, questo era innegabile. Di che genere di attrazione si trattasse, però, era un altro paio di maniche. Quella storia aveva contorni ancora nebulosi, ma i ruoli del cattivo e della vittima erano chiari. Una vittima da salvare, ma in che modo? Nella sua mente Ettore saltò la fase in cui trovava una risposta a quella domanda e metteva in atto un piano audace, e andò direttamente alla successiva. Lei salva, fra le sue braccia. O forse no. Poteva essere una di quelle storie in cui l'eroe alla fine se ne andava via da solo, a cavallo, mentre lei, la fanciulla salvata, lo guardava con un sorriso triste e salutava con la mano, sperando invano che lui si girasse. Di solito il Ranger faceva proprio così, se ne andava. Ma c'era una semplice ragione pratica. Doveva essere pronto a cominciare ogni nuova avventura come fosse la prima, evitando di portarsi appresso zavorre, per quanto di bell'aspetto. Passava la vita a combattere banditi messicani, mettere fine a guerre fra tribù indiane e accoppare puma e cobra, ma in fondo era un gran abitudinario.

Finita questa gran pensata, Ettore tornò su WhatsApp. Pippo lo aveva accompagnato fino a casa, di sua spontanea volontà. Magari voleva controllare che non abitasse in caserma, e prima di salutarsi si erano scambiati i numeri.

Pippo c'era, su WhatsApp. La foto sorprese Ettore. La ingrandì per osservarla meglio. Mostrava Pippo in costume da bagno e occhiali da sole, su una spiaggia. Sorrideva. Sembrava così felice, così innocente. Così pulito. E un braccio femminile faceva capolino, di quinta.

"Ma pensa tu," disse Ettore.

Gli scrisse: *Ciao. Grazie ancora, per tutto.*

Apparve *online*. Poi *Sto scrivendo... Sto scrivendo...* che andò avanti per un pezzo. E che cosa stava scrivendo, si chiese Ettore, un poema?

Ah, no: *Quanto mi paghi?*

Ettore rispose: *Ti ho già spiegato che ci mettiamo sicuramente d'accordo. Domani ti scrivo dove e quando ci vediamo.* E aggiunse un altro messaggio: *Stai tranquillo. Farò un bancomat.*

Ok, gli rispose Pippo, quasi subito.

Ettore chiuse WhatsApp, ma restò con il telefono in mano. Per l'ennesima volta, ripercorse nella mente gli avvenimenti della giornata. Si concentrò sul ricordo di quell'uomo e di quella donna. Ne aveva nitide descrizioni, dentro la testa. Ma a che cosa potevano servire, finché restavano lì?

Ettore sentì il brivido di un'idea risalirgli la schiena. Come capitava soltanto quando era una *buona* idea. Saliva da lì e gli arrivava dentro al cervello, dove prendeva forma compiuta. Un tempo gli accadeva spesso, sul... lavoro. Era una sensazione meravigliosa. Quelle idee che lo prendevano alle spalle, ma non a tradimento. Non come adesso, che traditrici lo erano diventate davvero, perché lo lasciavano da solo, nei guai, e doveva andare a stanarle fra le rocce di valli lunghe e strette.

Quell'idea invece arrivò così, come ai vecchi tempi. Ma Ettore non poteva metterla in atto da solo. Gli serviva una mano. Una mano speciale. Un altro brivido gli percorse la schiena. Una seconda idea, collegata alla prima. Senza nemmeno chiedersi se fosse altrettanto buona, la mise in atto: cercò un numero in rubrica. Un numero che era passato da cellulare a cellulare, negli anni. Un numero fatto, la prima volta, su un telefono fisso.

Rispose al secondo squillo. “Ettore! Porca miseria!”

“Ciao, Gianni. Disturbo? Scusami l’ora.”

“Nessun problema. Ho appena finito di lavorare,” disse Gianni, in arte Jaco. “Mi hanno dato un ‘Dylan Dog’ da disegnare, pensa un po’. Un fuori collana, scritto apposta per me dal tuo collega...”

“Lo so, me l’hanno detto.”

“Ma tu? Come stai? Non ci vediamo da...”

Non si vedevano dal funerale di Beatrice.

“Sto bene,” disse Ettore. “Me la cavo.”

“Sempre sul Ranger?”

“Sempre,” disse Ettore, “be’, almeno per ora. Ma non parliamone.”

“E di che cosa parliamo? Di che cosa hai bisogno?”

Ettore ci rimase male. “Gianni, perché pensi che io abbia bisogno qualcosa da te?”

“Perché mi hai telefonato.”

“Sei ingiusto. Però... sì, avrei bisogno di una cosa. Non di lavoro, anche se c’entra con il tuo lavoro.”

“Cioè?”

“Gianni, tu non sei il miglior disegnatore del mondo...”

“Sei molto gentile a dirlo.”

“Aspetta, fammi finire. Non sei il miglior disegnatore del mondo, ma per me sei eccezionale. Nessuno è mai riuscito a interpretare le mie sceneggiature come te, con la tua precisione. Hai sempre disegnato esattamente quello che avevo in testa.”

“Nulla di più e nulla di meno. Il personaggio era tuo.”

Dopo un gravoso attimo di silenzio, Ettore riattaccò: “Dovresti farmi un favore. Ti mando una mail con la descrizione di due personaggi e tu me li disegni. Bastano un primo piano e una figura intera, frontali, per entrambi”.

"Che roba è, una nuova serie?"

"Ti ho detto che non è una cosa di lavoro."

"Va bene... allora che cosa è?"

"Una cosa personale."

"Fin qui ci potevo arrivare, dato che non è di lavoro. Ma che cos'è? Dai, Ettore."

"È una questione complessa."

"Prova a spiegarmela. Sono soltanto un disegnatore, ma magari la capisco lo stesso. Capisco certe sceneggiature..."

Ettore ci pensò su. Perché no, in fondo? Una volta, loro due si dicevano tutto. O quasi. Parlare con Gianni gli muoveva qualcosa nel cervello. "Abiti ancora lì?" chiese.

"Non ho cambiato casa, negli ultimi vent'anni."

"Io sì, invece." Ettore gli disse l'indirizzo.

"Cazzo, è a due passi da me!"

"Allora falli, i due passi. Vieni qui e portati quello che ti serve per disegnare. Così le descrizioni te le dico a voce e, mentre tu procedi, io ti racconto tutto il resto."

"Un po' come ai vecchi tempi," disse Gianni.

"Un po'," disse Ettore.

"Hai da bere?"

"L'orso caga nel bosco? Il papa è cattolico?"

"Okay, arrivo. A che numero hai detto che sei?"

Ettore ripeté il proprio numero civico e aggiunse: "Citofono 666".

Sentì ridere Gianni. "L'avrei indovinato. Sei il solito pirla."

"Non ci posso credere!" esclamò Patrizia, affacciandosi dalla sua camera. "Zio Gianni!"

"Come sei diventata grande," disse Gianni. "Sembri..." e, forse per non finire la frase, la abbracciò.

"Papà, perché non mi hai detto che veniva?"

"È stata un'improvvisata. Dobbiamo parlare di... lavoro."

"Wow! Tornate a lavorare insieme?"

Gianni rivolse un'occhiata incerta a Ettore, che disse alla figlia: "Tu non dovevi studiare?".

"Vaaa bene! Vi lascio ai vostri traffici." Patrizia richiuse la porta.

Ettore sgombrò con il gomito un pezzo del tavolo del soggiorno. Gianni si sedette e tirò fuori dalla borsa un album da disegno e un astuccetto.

"Birra o vino?" chiese Ettore.

"Quello che prendi tu."

"Vino. Ma non troppo."

"Nemmeno io. Devo disegnare."

Intanto che stappava e versava, Ettore cominciò con la descrizione della donna, insistendo sul viso affilato, gli occhi grandi dallo sguardo allarmato, le gambe sottili che uscivano dal cappottino nero. Gianni prese appunti e fece qualche schizzo preliminare. Attento, concentrato.

"L'altro personaggio è un uomo," disse Ettore.

"Descrivimi subito anche lui. Vedo io quale fare per primo."

Poi Gianni decise di iniziare dalla donna, disse che lo ispirava di più. Si mise al lavoro. Ettore lo fermò solo per mettere a punto qualche dettaglio. Alla fine su ogni foglio c'erano, al centro, il personaggio in figura intera, e in alto a destra il primo piano.

"Vabbè," gli disse Gianni, quando Ettore ebbe finito, "continuo a non capire che cosa c'è in ballo. Una graphic novel? Oppure, non mi dire, anche tu... un romanzo, *tutto scritto*?" Si massaggiò la nuca. "Però, se così fosse, perché mi avresti fatto disegnare?"

"Cazzo, Gianni. Ti ho già spiegato che non è lavoro!"

"Ma allora..."

"Allora, ti racconto," gli disse Ettore. E gli raccontò come sapeva raccontare lui. "Mi è successo davvero," concluse. "È la realtà."

"Cazzo," disse Gianni, dopo avere ascoltato in silenzio, con sguardo rapito.

"Appunto, cazzo."

Svuotarono i bicchieri e li riempirono di nuovo.

"Quindi mi hai usato per fare delle specie di identikit. Vuoi che li colori anche? Lo faccio a casa, al computer, e te li mando via mail domani mattina."

"No, i colori non servono. Anche se sospetto che il tipo vesta sempre di grigio. Mandami soltanto delle belle scansioni, nitide, così le giro anche agli altri."

"Chi sarebbero questi altri?"

Ettore raccontò di Sandro, Pietro, Igor e pure di Pippo, di come li aveva coinvolti.

"Ormai ci sono dentro anch'io," disse Gianni, "e ci resto fino alla fine."

"Ma..."

"Perché 'ma'? Sarà un po' come ai vecchi tempi: fare qualcosa insieme. Mi sei mancato, Ettore. E non è soltanto una questione di lavoro, in cui non mi vuoi più..."

"Sai benissimo qual è il problema. Noi due, insieme, potremmo soltanto fare *Doc Diablo*. Quella-merda."

"Non era una..."

"Non ci lascerebbero fare che quello. Non dico gli editori, ma i lettori. Non accetterebbero altro, da Ettore Lisio e Jaco. Hai visto le reazioni, quando era girata voce di un nostro *Ranger* speciale."

"Hai ragione," ammise Gianni. "Comunque, questa storia della pescheria, be', è un'altra faccenda, non c'entra con i fumetti. Possiamo collaborare!"

"Un po' c'entra, invece, per me. È una reazione."

"Ma davvero avevi deciso di metterti a vendere pesce?"

"Davvero. E l'idea è soltanto accantonata. Prima devo pensare a loro..." disse Ettore, indicando l'uomo e la donna, così ben disegnati. Meglio che fotografie.

"Che strana storia," disse Gianni. "Che senso ha mettere in affitto il negozio, per poi incazzarsi se uno risponde all'annuncio e addirittura menarlo?"

"Mmm... già." Ettore si accarezzò la barba. Poi bevve un sorso di vino. "Di sicuro, non ho mai visto né lui né lei, nella pescheria."

"Nemmeno io," disse Gianni. "Mi è capitato di andarci. C'era quel signore anziano."

"E uno più giovane, anche se non di tanto."

"Vero. Uno che lavorava per lui... o *con* lui. Magari erano soci."

"Soci nell'attività," disse Ettore, "può darsi. Ma non è detto che anche i muri fossero loro. Forse si sono ritirati dagli affari e il proprietario ha rimesso in affitto il locale."

Gianni indicò soltanto il disegno dell'uomo. "E pensi che questo proprietario sia lui?"

"Penso che sia una solida possibilità."

"Al telefono ha risposto lei," disse Gianni, pensieroso, "ma magari perché lui era in bagno, quando è suonato."

"Sandro, che è un commercialista e se ne intende, proverà ad andare al catasto, domani mattina, ma ha già messo le mani avanti. Per uno stabile vecchio, in una via incasinata come quella, è dura che i documenti siano in ordine, con tutti i dati del proprietario attuale."

"Chiunque sia, come avrebbe potuto affittare, se davvero voleva farlo, senza documenti in ordine?"

Ettore scrollò le spalle. "Gliel'ho chiesto anch'io. Ha risposto che, per un affitto, un sistema si trova sempre, con contratti più o meno regolari, non necessariamente registrati."

"Credo di capire," disse Gianni. "Ho avuto qualche esperienza del genere."

"Adesso torniamo ai due pescivendoli. Costituiscono un altro filone di inchiesta."

"Ma sentiti, Ettore, sembri un poliziotto!"

"Non dirlo di fronte a Pippo, quando lo conoscerai. I due pescivendoli, comunque... di sicuro potrebbero spiegarci qualcosa, sembravano due brave persone."

Gianni indicò di nuovo l'uomo che aveva disegnato. "Se è per questo, non è che lui sembri un genio del male."

"Hai ragione, le apparenze ingannano... ma non tanto spesso," disse Ettore. "In ogni caso, quei due potrebbero raccontarci come e perché la pescheria ha chiuso. Cosa che mi interessa, dato che, come ti dicevo, non ho ancora rinunciato ai miei progetti al riguardo. Ma soprattutto potrebbero sapere qualcosa sull'uomo e la donna della telefonata e dell'appuntamento."

Gianni schioccò le dita. "Proviamo con internet!"

"Già provato. Figurati. Quando eravamo al Fat."

Ettore spiegò che avevano fatto una ricerca con "pescheria" e il nome della via. Era saltata fuori solo una pagina con una scarna lista di attività commerciali della zona. Riguardo alla suddetta pescheria, c'erano un numero di telefono fisso, che avevano chiamato ed era risultato staccato, e il nome del titolare: Mario Ambrosetti.

"Molto bene." Gianni sospirò. "Come se stessimo cercando John Smith in America. Però si potrebbe andare alla camera di commercio, no?"

"Ci darebbero di nuovo quel nome e l'indirizzo del negozio. Nient'altro, senza un'autorizzazione del tribunale... a meno di non essere poliziotti. Lo ha detto Sandro."

"E allora?" disse Gianni. Si vedeva che non aveva voglia di stare con le mani in mano.

"Be', potrebbe farci comodo pure un disegno dei due pescivendoli, per metterci anche sulle loro tracce."

Gianni staccò un nuovo foglio dall'album. "D'accordo, descrivili."

"Non posso. Non ci riesco. Non li ho mai guardati in quel modo."

"Capisco," disse Gianni, perché sicuramente capiva. "Nemmeno io, le poche volte che sono andato a comprare pesce da loro. Potremmo mettere assieme quello che ricordiamo, tra me e te, ma dubito che verrebbe fuori qualcosa di utile."

"Sì," disse Ettore, "conoscendomi, facile che ci metterei dentro qualche dettaglio di fantasia, senza accorgermene. Sarebbe addirittura controproducente. E pensare che quelli erano sempre lì, ogni volta che passavo in quella strada, dietro quella vetrina. Parte del paesaggio."

Di nuovo quel brivido lungo la schiena. Quella era proprio una serata speciale. Un revival dell'antico estro creativo.

Scattò in piedi. "Ho un'idea."

Andò a prendere il telecomando del televisore e cercò la sezione *on demand*. "Adesso lo trovo, aspetta."

"Che cosa?" Gianni si era alzato e messo al suo fianco.

"Quel documentario, girato lì. Avevano parlato anche con i negozianti. Mi pare di ricordare..."

Ettore aveva ragione. Una volta trovato il documentario, mandandolo avanti velocemente raggiunse ciò che cercava. I due pescivendoli, intervistati dentro al negozio. Il più anziano, probabilmente Mario Ambrosetti, dapprima sulla difensiva, se la sfangava dicendo che lui non aveva mai avuto problemi e che, dopo l'orario di chiusura, non sapeva che cosa succedeva là fuori e neppure gli interessava. Il più giovane si limitava ad approvare. Ma non erano le loro parole a interessare Ettore. Li guardava, li osservava.

Fece un fermo-immagine, in cui i due si vedevano bene, affiancati. Addirittura a figura intera, perché l'intervistatore li aveva fatti uscire da dietro il bancone.

"Si potrebbe trovare il video anche in rete e ricavare delle foto, ma la qualità non sarebbe un granché," disse Gianni. "E poi sarebbe un casino mettere figura intera e primo piano nella stessa immagine."

"Ma no. Meglio un disegno, di sicuro." Ettore fece un gesto verso lo schermo. "Ti basta?"

"Dovrebbe bastarmi," rispose Gianni. "Però tu descrivimeli lo stesso, verranno meglio."

Mario Ambrosetti (ammesso e non concesso che questo nome corrisponda al più anziano dei due) avrà una sessantina d'anni. Per quanto si riesce a capire, in relazione agli elementi ambientali, è molto basso. Attorno al metro e sessanta, diciamo. Forse meno. Una pancetta tira i bottoni del grembiule da lavoro, a darci a intendere come il signore non abbia una dieta a base di solo pesce. Il volto è paffuto, con guance rubiconde. Capillari arrossati, ai lati del naso piccolo. Piccoli pure gli occhi, ma vivaci e amichevoli. E amichevole è anche il sorriso, all'inizio dell'intervista. Il sorriso di chi è abituato a sorridere, per accogliere. Anche quando diventa guardingo, comunque, non è mai ostile. I capelli bianchi sono radi, ma in modo insolitamente uniforme. Questa è una particolarità. Ovunque, sulla testa si scorge il rosa della pelle, ma nessuna zona si è arresa alla calvizie.

L'altro uomo ha un'età fra i quaranta e i quarantacinque anni. È alto una decina di centimetri più del suo collega (o capo, socio, quel che è). Il suo tratto saliente è il viso lungo, che lo condanna a un'aria sempre mogia, immusonita. Gli occhi un po' troppo distanziati e la folta capigliatura nera, screziata di bianco sui lati, contribuiscono a questo aspetto un po' cavallino. Ha un atteggiamento più cauto e meno amichevole, rispetto al collega.

Per entrambi i pescivendoli, il taglio dell'inquadratura, che esclude le gambe, impedisce di capire quali abiti indossino, a parte i grembiuli macchiati, tenuti chiusi.

"A posto, Ettore? C'è qualche altro dettaglio che devo aggiungere?"

Ettore, ora tornato al tavolo insieme a Gianni, spostò lo sguardo avanti e indietro, tra i fogli da disegno e l'immagine sul televisore. "No, niente. Quei due sembrano ancora più veri, come li hai fatti tu. Più riconoscibili. Molto meglio di una fotografia."

"Merito anche delle tue descrizioni."

Si diedero un cinque. Un gesto così anni novanta.

"E quelli chi sono?" Benché conoscesse molto bene quella voce, Ettore sobbalzò sulla sedia.

Anche Gianni fece un movimento scomposto, girandosi. "Cosa... chi?"

Patrizia sorrise. "Vi ho spaventati?"

"No, ci hai sorpresi," disse Ettore. Guardò la figlia dalla testa ai piedi. "Non dovresti andare in giro per casa scalza. Va bene che c'è il parquet, però non è igienico."

"Inoltre sono troppo silenziosa, eh?" Patrizia allungò il collo, per guardare oltre la spalla di Gianni. "Chi sono quei personaggi? Allora state davvero lavorando a una nuova serie, voi due?!" Sorrise ancora.

Ettore si precipitò a capovolgere i disegni, cominciando da quello dell'uomo che lo aveva preso a sberle e a calci. Come se avesse paura di metterlo in contatto con la figlia, anche soltanto in immagine. Un gesto di protezione istintivo e irrazionale.

Patrizia passò dal sorriso alla risata. "Avete paura che scopra i vostri segretini?"

Ettore colse uno sguardo imbarazzato di Gianni.

"Guardate che non li metto mica su Instagram," disse Patrizia. "Non sembravano brutti, ma erano così... boh... normali. Niente cowboy o diavoli, questa volta? Volete fare anche voi graphic novel, alla vostra età?"

"Figlia screanzata!" esclamò Ettore, in stile burbero alla Paperon de' Paperoni. Un classico gioco fra lui e Patrizia. "Fila subito in camera!"

"Volevo solo darti il bacio della buona notte."

"Questo ti è concesso."

I baci furono due. Uno a Ettore e l'altro a Gianni, detto Jaco.

15.
I desideri son sogni

Io non dormo mai, nemmeno la notte. Tanto meno, la notte. La notte io guardo i vostri sogni. Sono ciò che mi fa andare avanti, anche se non sempre nella direzione giusta. I vostri sogni sono il mio nutrimento. Sono la materia di cui sono fatta io, non voi. Le città sono fatte di sogni. I vostri sogni, i vostri incubi. Quelli da addormentati, e quelli che vi tengono svegli.

Io vi vedo, anche mentre siete nel buio, chiusi dentro le vostre stanze, dentro le vostre case. Chiusi dentro di me.

Vedo te, Ettore, ancora sveglio. Hai tentato di prendere sonno rileggendo vecchie storie di Doc Diablo. Era da tanto tempo che lo evitavi con cura, ma dopo aver rivisto Gianni ti è venuta voglia di fare un controllo. Bene, erano proprio una stronzata. Pensi questo, con queste parole, però non lo pensi. E pensi e ripensi soprattutto a quello che è avvenuto nella giornata appena passata. Una tua tipica strategia. Per pensare a una cosa, ti dedichi a un'altra. Come piantare un seme e lasciarlo crescere, senza andare a rigirare la terra. Peccato che non sia cresciuto niente. Doc Diablo è servito soltanto a rinnovare vecchi tormenti. È stato un rumore di fondo.

Eppure c'è stato un attimo, mentre eri insieme a Gianni, in cui hai sentito di essere vicino alla soluzione del rebus. Come quando ti accosti a un ricordo, lo sfiori e quello ti sfugge. Come il ricordo di quella musica, ieri che a quest'ora è già l'altro ieri. Il cartello, la telefonata... la telefonata, il cartello... perché mettere un cartello AFFITTASI, con il proprio numero di telefono, e dopo picchiare un poveraccio perché ha telefonato per affittare? Che senso ha? Che cosa è successo, dietro le quinte? Ci dev'essere una spiegazione. Per un attimo, di nuovo, ti sembra di poterla afferrare. Ma niente, non ci riesci. Troppo tardi. Sta arrivando il sonno, che ti sei andato a cercare con venti gocce di Lexotan. Il minimo per i tuoi novanta chili, che poi sono novantatré. Adesso vorresti non avere preso niente e, prima, non avere perso tempo con Doc Diablo. Vorresti riuscire a riflettere ancora, Ettore mio, ma adesso devi dormire. Su, da bravo. È giusto così. Domani sarà una lunga giornata per te, io lo so.

Nella stessa casa, in un'altra stanza, Patrizia dorme e sogna. È al mare, insieme al papà e alla mamma, come quando era piccola. Però, nel sogno, lei è grande. E la mamma c'è ancora. È un sogno bellissimo. Spero che Patrizia se lo dimentichi, domani, al risveglio. Non voglio vederla triste.

Quando è rincasato, Sandro non ha detto nulla alla moglie e ai figli. Temeva che si preoccupassero. Cioè, diciamocela giusta: temeva che gli dicessero di non andarsi a mettere in questo casino. Per guadagnarci che cosa? Un padre di famiglia, con un lavoro serio e redditizio, non dovrebbe dare retta a un tipo come Ettore Lisio, con le sue assurdità. Sia chiaro, a loro è dispiaciuto quello che è successo due anni fa. Una tragedia. Beatrice stava simpatica a tutti. E povera sua figlia, rimasta sola al mondo con quel padre. Va bene che Sandro sia stato vicino a Ettore, aiutandolo anche nel trasloco. E in fondo non c'è nulla di male se condivide con lui qualche passione, passi perfino che vadano a bere assieme, in quel locale, anche se a volte Sandro torna in condizioni difficili da occultare soltanto con una manciata di mentine. Ma adesso, se la sua famiglia sapesse che sta per buttarsi in una faccenda così losca, per aiutare Ettore, sarebbe troppo. Assolutamente indecoroso. Già leggere fumetti alla sua età... Eppure Sandro lo farà, e non soltanto per Ettore. Adesso, nel letto di fianco alla moglie già addormentata, pensa che domani mattina non andrà in ufficio. O, almeno, non nel *suo* ufficio.

Pietro invece dorme. Da solo, sul divano, come da due mesi a questa parte. Non ne ha ancora parlato con gli amici:

ogni volta che ci prova, gli manca la forza. Non sa più nemmeno che cosa sognare. Lasciamolo in pace.

Dorme anche Igor. Sogna una distesa di tavoli piena di gente che mangia di gusto. Lui è sulla soglia del ristorante e guarda la sala, felice. Finché non si accorge che non è il suo ristorante.

Pippo, che ormai chiamo anch'io così, ha una siringa in mano. Vorrebbe che tutto finisse. Questo è il suo sogno inconfessato. Inconfessabile. Vorrebbe che la madre smettesse di svegliarsi di notte urlando per il dolore e invocando il nome del marito morto. Pippo vorrebbe che non si svegliasse più. "Tranquilla," le dice, "ci sono qui io." Perché lui c'è sempre, ogni sera e ogni notte. E certe volte anche di giorno, se non trova nessuno con cui lasciare la madre. "Sono qui, mamma," le dice ancora. "Stai buona, adesso passa tutto. Non ti faccio male." È diventato bravo, con le iniezioni.

Ciccio sta rileggendo *Alla ricerca del tempo perduto*, nella traduzione di Giovanni Raboni. Il suo sogno, che è il sogno di tanti, sarebbe scrivere. Ma si accontenta di leggere. Bravo figliolo. Gli sarebbe piaciuto anche suonare, gli basta ascoltare. Ha messo su un disco di una band post metal australiana. Roba che suona alta anche a basso volume. Il contrasto fra quel che legge e quel che ascolta gli piace. Sembra dargli una misura del mondo, dell'estensione dell'animo umano.

Gianni, detto Jaco, si è appena addormentato. Tornato a casa, ha rifinito e sgommato i disegni, per renderli ancora più nitidi, e ha fatto subito le scansioni, che ha mandato a Ettore per mail e anche via WhatsApp, che è più comodo. È andato a letto soddisfatto. Il suo sogno era tornare a combinare qualcosa con Ettore. Dorme con il sorriso sulle labbra, come dovrebbero fare i bambini.

Ma nella notte ci sono anche gli incubi, oltre ai sogni. Incubi che spesso escono dalle case e vagano per le strade. Le *mie* strade. Questo incubo, addirittura, corre. Corre insieme a lei, lei ne è parte. Ed è una corsa scomposta, sbilenca, per colpa dei tacchi a spillo, troppo alti.

Lei inciampa e rischia di cadere. Si appoggia a un muro,

per sostenersi e riprendere fiato. Rabbrividisce per il freddo, in quel vestito che la sveste. Rabbrividisce per la paura. Pensa che scalza procederebbe più svelta, anche se le fa schifo l'idea di quello che potrebbe pestare. Avanti, non sarà peggio dello schifo a cui è abituata. Da cui sta cercando di scappare, questa notte. Così si china a levarsi una scarpa, poi l'altra. Ora è pronta a ripartire. Si volge, per dare un'occhiata di controllo alle spalle.

"Che cazzo fai?"

La voce arriva da davanti. Lui è lì, uscito da dietro l'angolo. Ha fatto il giro, per tagliarle la strada. Io l'avevo visto, dall'alto. Avrei voluto fermarlo. Avrei voluto avvertire lei, almeno. Ma non posso fare tutto. Non così, semplicemente. Questa volta posso soltanto stare a guardare e ascoltare.

"Ma ti rendi conto di quanto costano quelle scarpe?" chiede lui. "No, non ti rendi conto. Non sei tu a pagarle."

"Per favore," dice lei, "no."

"No... che cosa? Esprimiti meglio. Ormai l'italiano lo sai," dice lui. E aggiunge, ridendo: "Con la lingua te la cavi".

Lei non dice niente.

"Stai tranquilla, non ti picchio."

Lei non sorride, perché non si può sorridere in una situazione del genere. Tuttavia appare sollevata. Forse lui avrà pietà.

"Se ti picchio, ti rovino. Come l'altra volta. Dopo ti tocca un fermo macchine di una settimana. Capisci che questo non possiamo permettercelo?"

Lei tace, ancora.

"Allora, facciamo così: non picchio te," dice lui. "Picchio tua sorella. La tua povera sorellina. So dove andare a prenderla. Me lo hai detto tu."

Lei riesce soltanto a dire: "No...".

"D'accordo. Non la picchio. Cioè, la picchio soltanto un po', quel che serve. Poi le cavo un occhio."

"No... no!"

"Aspetta, rifletti. Potrebbe perfino guadagnarci. Un'orfanella cieca, sai quanti soldi tirerebbe su per strada? Invece di diventare come te."

Lei sta per urlare. Lui la afferra per i capelli, li tira. “Zitta, troia.” Le rovescia la testa. Le parla incombendo su di lei, fiatandole addosso. “Ora torniamo indietro, insieme. E questa è l’ultima cazzata che fai. Altrimenti, ti costerà... un occhio della testa, della tua sorellina.”

Lui ride, di quella sua schifosa battuta. Lei piange per quella sua schifosa vita.

Lui lascia i capelli, le fa raccogliere le scarpe, ma le vieta di rimettersele. Lei è costretta a tornare scalza, perché si vede che a lui piace così. E io resto a guardare.

Mi dispiace per te, ragazza. Non ho potuto fare nulla, adesso, ma sto cercando di aiutarti. Sto usando l’infelicità di Ettore per conquistare la tua felicità, che ti meriti. Non sono sicura di riuscirci, comunque ce la metto tutta. Non dipende soltanto da me.

16.

La mattina è un punto di vista

Appena sveglio, Ettore pensò di essersi sognato tutto. A smentire tale ipotesi fu un dolore al fianco, dove il giorno prima aveva ricevuto un calcio. Sollevò la maglietta. Durante la notte, si era allargato un ematoma bluastro.

Accese il telefono e controllò WhatsApp. Trovò i disegni di Gianni, bellissimi, e un messaggio di Pippo, di circa mezz'ora prima: *Ti aspetto qui.*

Ah, già. Si erano accordati per rivedersi alla Taverna Corsara, che da qualche tempo era aperta anche la mattina. Igor sperava di entrare nel giro giusto delle colazioni, ormai di gran moda a Milano per incontri d'affari e, addirittura, meeting culturali. Quella città non sapeva più che cosa inventarsi.

Ettore scrisse: *Scusami, arrivo. Prenditi qualcosa, intanto. Offro io.*

Ricordati i soldi, fu la pertinente risposta.

Erano da poco passate le undici... Nel dare appuntamento a Pippo, Ettore non aveva specificato l'orario, ma mai si sarebbe aspettato che uno spacciatore fosse così mattiniero.

Controllò le mail. Ce n'era una del Boss, in risposta a quella con cui, il giorno prima, gli aveva mandato le tavole della pensatona con fosso. Diceva di averle trovate decenti. E concludeva: *Forse sto invecchiando*. Fra quelle righe, si leggevano amarezza e preoccupazione.

Ma no, sarai stato soltanto stanco, rispose Ettore.

Si augurò che quel successo gli garantisse una certa impunità con il Boss. Aveva in previsione di trascurare il... lavoro per un po'. Che il Ranger se ne stesse appeso a una trave, ad aspettare, chiacchierando con il bandito messicano. La questione delle due scene con gli animali lo aveva costretto ad abbandonare quella storia, e anche quel giorno Ettore aveva altro a cui badare.

Si lavò in fretta e uscì. La colazione l'avrebbe fatta da Igor. Lungo la strada si fermò a un bancomat, per il secondo giorno di fila, e si fece un appunto mentale di scrivere al più presto una bella mail per sollecitare il pagamento dell'opzione per la serie televisiva su Doc Diablo.

Trovò Pippo fuori dalla Taverna Corsara, appoggiato al muro, intento a fumarsi una canna. Che sfacciato. Fortuna che quel tratto di strada era il meno frequentato dei Navigli. Igor aveva sempre quella sorta di tocco di re Mida al contrario, anche quando si trattava di scegliere dove aprire un locale. Ettore aveva seguito le sue gesta con divertita preoccupazione.

Ettore fece un cenno di saluto a Pippo. "L'oste che beve il suo vino."

Pippo si levò la canna di bocca e la scrutò, perplesso, come per controllare che non fosse un bicchiere.

"Era un modo di dire," spiegò Ettore.

"Ne vuoi?" chiese Pippo. Poi diede un ultimo tiro e, dopo avere spento per bene il mozzicone, lo gettò in un cestino dei rifiuti.

"Ma, scusa, se l'hai finita..."

"Se ne vuoi, te ne vendo."

"Pensavo che fossimo diventati amici."

"Che cosa c'entra?"

"Niente," disse Ettore. Si levò i soldi di tasca e li porse a Pippo. "A proposito, sono duecentocinquanta euro, come d'accordo. Se non ti fidi, contali pure."

"Vanno bene," disse Pippo, dopo averli contati.

"Hai già fatto colazione?"

"Sì, ho detto al tuo amico che paghi tu."

"Ligio alle istruzioni."

Il telefono di Ettore suonò. Era Sandro, che chiamava dal catasto. "A volte vorrei sbagliarmi," disse. "L'ultimo proprietario dello stabile risulta essere un tale Luigi Lamberti, che al momento dovrebbe avere centotrentadue anni. Non vorrei sembrare pessimista, ma dubito che goda di buona salute."

"E non riesci a risalire agli eredi?"

"Te l'avevo detto: è un casino. Ma non mi arrendo: continuo a cercare e ti avviso subito, se trovo qualcosa."

"Okay... grazie."

"Ti faccio notare che adesso dovrei essere in studio."

"Allora ringrazia tu me," disse Ettore.

Alla Taverna Corsara c'era soltanto Igor, dietro al bancone.

"Come va?" disse Ettore.

"Vedi un po' tu," rispose Igor, allargando le braccia.

"Dai, è ancora presto per il pranzo."

"Ma tardi per la colazione."

"Io un caffè e una di quelle brioche li prendo," disse Ettore.

"Prenderei anch'io un altro caffè e un'altra brioche," disse Pippo, rivolgendo un'occhiata interlocutoria a Ettore.

"Va bene. Pago tutto."

"Evviva," disse Igor. "Gli affari stanno ripartendo alla grande."

"Ci sono novità," annunciò Ettore, sedendosi direttamente al bancone insieme a Pippo. Raccontò quello che era successo la sera prima e, con il telefono, mostrò i disegni di Gianni, cominciando da quelli dell'uomo e della donna misteriosi.

"Che cosa ne dici?" chiese a Pippo.

"Figata. Io avrei sempre voluto imparare a disegnare, ma la maestra..."

"Volevo sapere se hai mai visto questi due, nella tua zona."

"No, di giorno non li ho mai visti."

"E la notte?"

"Boh. Ci vado soltanto di giorno."

"Credevo che gli spacciatori lavorassero bene, di notte," disse Ettore. Ma qualcosa nello sguardo di Pippo lo indusse a desistere.

Passò ai disegni dei due pescivendoli.

Pippo confermò di averli visti soltanto andare e venire dalla pescheria, non sapeva nulla di loro.

"Fammi vedere meglio," disse Igor, che intanto aveva servito i caffè e le brioche. "Sì, mi sembra di averli già visti. Soprattutto questo." Si soffermò sull'immagine dell'uomo con il volto cavallino, il più giovane. "Una faccia così resta impressa."

"Sarai andato da loro a comprare il pesce," ipotizzò Ettore, affrontando la brioche.

"Ma va'!" disse Igor. "Non penserai mica che, se hai un ristorante, compri il pesce in pescheria, con quel che costa!"

"E allora dove lo compri?"

"Ogni tanto al supermercato," ammise Igor.

"Sul serio?" Ettore era deluso.

"Guarda che è buono," disse Igor. "Però vado anche al mercato ittico," puntualizzò.

Un brivido, lungo la schiena. Ettore ingoiò il boccone. "I pescivendoli lo prendono tutti lì, il pesce?"

"Ovvio," disse Igor, restituendogli il telefono. "Loro comprano solo all'ingrosso, altrimenti ci smenano. Non possono ricaricare come me, che lo cucino."

"Allora è lì che li avrai visti!" esclamò Ettore. "Ed è lì che andremo a cercarli!"

"Ma, se hanno chiuso la pescheria, che cosa ci andrebbero a fare al mercato del pesce?" A domandare era stato Pippo. La voce dell'innocenza.

"Be'..." disse Ettore, "se non ci sono loro, ci sarà sicuramente qualcuno che li ha conosciuti e ne saprà qualcosa. Magari riusciamo a farci dare un contatto. Mostreremo in giro i disegni."

"Come sbirri?"

"No, Pippo. Non come sbirri. Troveremo un modo. Diremo che abbiamo bisogno di rintracciarli, perché abbiamo informazioni importanti per loro..."

"Oppure che dovete ridargli dei soldi," disse Pippo. "È un argomento che funziona."

Ettore lo guardò interdetto. Era davvero come l'amico di Topolino, che ogni tanto se ne usciva con una genialata, di punto in bianco.

"Ho detto qualcosa di sbagliato?" chiese Pippo.

"No. Ti sei appena guadagnato i tuoi soldi..."

"Allora me ne devi dare ancora."

"Una parte, dei tuoi soldi."

"Domani è venerdì," disse Igor. "Il giorno giusto, perché la gente mangia più pesce, per tradizione, e al mercato c'è un bel giro. Però vedo due problemi. Il primo è che per entrare serve un'autorizzazione, altrimenti tutti si farebbero furbi. Ma la mia vale per due: per me e per il mio socio."

"Quello che non ho mai incontrato," disse Ettore.

Igor sbuffò. "Non ti sei perso niente. È un cretino."

"Igor, ti faccio notare che, da quando ti conosco, ogni tuo socio si è sempre rivelato un cretino, a tuo dire. Una percentuale sconcertante. Sebbene, considerando come ti vanno le cose..."

Igor sembrò non avere colto il sarcasmo. "Dirò che il mio socio sei tu, e al limite, se ti chiedono, racconterai di avere dimenticato a casa i documenti. Ma non dovrebbero menarla troppo. Sono anni che mi vedono, si fideranno."

"Benissimo. E il secondo problema?"

"Bisognerà andare presto, all'orario dei pescivendoli. Quando ci sono tutti."

"Vale a dire?"

"Alle quattro."

Ettore sorrise, sollevato. "Ah, okay... chissà cosa mi immaginavo. Facciamo in tempo ad andare a berci un aperitivo, dopo. C'è qualche locale carino, da quelle parti?"

"Quattro della mattina, Ettore."

"Ma..." disse Ettore, con un filo di voce. "Ma le quattro della mattina *non* è mattina! La giornata comincia con il sorgere del sole!"

Igor gli mise una mano sul braccio, comprensivo. "Sapevo che ti avrebbe turbato."

Ettore si appoggiò al bancone. "Va bene, va bene. Se così deve essere, così sarà," disse, stoicamente. "Tanto vale fare un *dritto*, a questo punto, e neanche andarci, a dormire."

"Io a dormire ci vado," disse Igor. "Tu fai quello che..."

In quel momento, la porta d'ingresso si aprì. Ma non era un nuovo cliente.

"Che avete da guardarmi così?" chiese Pietro. "Ci eravamo detti che, chi poteva, oggi veniva qui a pranzo. È troppo presto?"

"La cameriera e il cuoco devono ancora arrivare. Ma possiamo cominciare a metterci al tavolo," disse Igor. Afferrò una bottiglia di vino rosso, al volo, e uscì da dietro il bancone. "Mangio con voi."

"Basta che non ti fai offrire da me," disse Ettore.

"Mi conviene pagare la mia parte. Almeno incasso qualcosa in più e posso detrarlo dalle tasse, come spesa di rappresentanza." Igor, Nobel per l'economia.

"Secondo me, Sandro avrebbe qualcosa da obiettare," disse Pietro. "Ma lui arriva, adesso?"

"No, è impegnato altrove." Ettore raccontò della telefonata dal catasto, e ragguagliò Pietro anche sul resto, compresa l'idea della missione al mercato ittico.

"Vengo anch'io," disse Pietro.

"Alle quattro della... mattina?" disse Ettore. "E a tua moglie che cosa racconti?"

Pietro abbassò lo sguardo, prima che Ettore riuscisse a leggerci dentro qualcosa. "Non ti preoccupare di lei."

"Ma l'autorizzazione di Igor vale soltanto per due."

"Vorrà dire che vi aspetterò fuori."

"Magari poi un modo si trova," disse Igor. "Non è il Pentagono."

Nel frattempo, erano arrivati il cuoco e la cameriera, che portò i menu. Igor consigliò il risotto ai funghi, con il fondo di cottura dell'arrosto. Lo presero tutti, tranne Pippo che chiese una pasta in bianco e acqua naturale, non di frigo.

"A pranzo, meglio non esagerare."

Alla fine, Igor non fece pagare nessuno. Un capitano che affondava assieme alla nave, con onore.

17.
La farina del diavolo

Sotto le mentite spoglie di padre Morrison, prete anglicano, si nasconde il demone Balthazar. Ma tutti lo conoscono con il nome di battaglia Doc Diablo. Una battaglia contro altri demoni, come lui ma malvagi, che si impossessano dei corpi di vittime umane. Doc Diablo è infatti un esorcista, ma di tipo molto particolare. Opera a pagamento, con tanto di agenzia nel cuore di Londra e di bionda segretaria, Janet Corben. Lei lo ama. Lui se ne rende conto e vorrebbe ricambiare tale sentimento. Per farlo, però, dovrebbe rivelarle la sua vera e diabolica natura.

Osteggiato dalla sua Chiesa e considerato un cialtrone dai giornalisti, Doc Diablo ha dalla sua i risultati, ottenuti con mezzi speciali. Quando compie un esorcismo, infatti, va in trance ed entra anche lui, in spirito, dentro la vittima, possedendola a sua volta. In tal modo, può affrontare i demoni muovendosi nei paesaggi surreali e sorprendenti dell'inconscio degli invasati. Paesaggi fatti di sogni e incubi, ricordi e fantasie, traumi e sensi di colpa. Ogni volta, Doc Diablo deve scoprire dove si annidano i suoi avversari, trovare le armi giuste per sconfiggerli e, allo stesso tempo, evitare che la battaglia abbia conseguenze devastanti per la salute mentale dello sventurato ospite. E gli capita pure di scoprire peccati a cui porre rimedio quando tornerà fuori, nel mondo "terreno". Anche lì Doc Diablo ha dei nemici, il più accanito dei quali è il dottor Martin Levine, esimio psichiatra, che ha una doppia vita come serial killer satanista. E poi, soprattutto, c'è il Diavolo, signore assoluto del Male, che opera su entrambi i livelli della realtà e vede in Doc Diablo un figlio traditore, da ricondurre negli inferi, a tormentare le anime dannate. Oppure, se continuerà a rifiutare la propria natura, a bruciare anche lui in eterno, come il peggiore dei peccatori.

Figlio di Satana, il primo numero di "Doc Diablo", attualmente è valutato attorno ai cinquecento euro, se in buone condizioni e, ovviamente, nella prima edizione. Cioè se non si tratta di una delle tante ristampe, pubblicate a partire da appena tre mesi dall'esordio.

Eppure l'editore non ci era andato piano con la tiratura iniziale. "Volete che non venda un decimo di 'Dylan Dog'?" aveva esclamato l'Armando Ferretti, commentando quella prima storia letta su fotocopie.

Si trovavano nel suo ufficio, nella sede della casa editrice IronPress, periferia sud di Milano. Benché la sua fosse stata una domanda retorica, e sicuramente avesse già preso la decisione, Ferretti scrutò Ettore, Gianni e Biglia, in attesa. Aveva una sua concezione di dibattito democratico. L'importante era lasciarlo finire di parlare, dopodiché uno poteva dargli ragione in piena libertà.

"Be'..." disse Biglia.

"Farebbero cinquantamila copie," disse Ettore. "Ne vuole stampare così tante?!"

"Cazzo," si lasciò sfuggire Gianni. "Oh, mi scusi."

Ferretti gli fece un cenno, come a dire che era scusato. "No, non cinquantamila," disse poi. "Sarebbe assurdo."

"Ecco," disse Biglia.

Ferretti lo guardò male, non aveva finito. "Stamparne cinquantamila copie per venderne cinquantamila sarebbe da pirla," spiegò. "Significherebbe pensare di venderle tutte, senza resi. Quindi, servirà una prima tiratura di ottantamila, almeno."

Biglia non disse nulla.

Ettore deglutì.

"Cazzo," ripeté Gianni, ma stavolta non si scusò. Ne aveva avuto licenza.

"Non ho tanto tempo per leggere," disse Ferretti, "sono un editore e ho troppo da fare. Beati voi che potete..."

Ettore pensò ai giorni e alle notti passati a lavorare, per portarsi avanti quanto bastava per andare in edicola con i ritmi di un mensile. Lui aveva sceneggiato le prime quattro storie, affidando le due iniziali a Gianni e le altre a un team di disegnatori e inchiostratori – in parte del loro giro e in parte raccattati con un annuncio sulla bacheca della scuola di fumetto – supervisionati da Gianni stesso. Aveva inoltre scritto i soggetti dei restanti numeri della prima annata, nell'ipotesi che l'editore tenesse duro per tutto quel tempo, cercando di accettare (seppure con qualche modifica) una parte significativa dei consigli di Biglia, senza farlo sentire messo in disparte. E, a tale proposito, l'impresa più ardua era stata revisionare la sceneggiatura del terzo numero, firmata da Biglia, trattenendosi dal riscrivere tutto. Si era impegnato, per non umiliarlo e non doversi sentire ancora più in colpa nei suoi confronti.

Pensò a questo, Ettore, prima che Armando Ferretti proseguisse rivolgendosi proprio a lui. "...Quindi ho potuto dare soltanto una lettura veloce, a questa roba. Non ho badato ai dettagli. E non so mica se ho capito tutto. A proposito, questo Doc Diablo sarebbe poi un diavolo?"

"Sì," disse Ettore. E le due paroline magiche: "Ha ragione".

Ferretti sorrise, sollevando una manciata di pagine fotocopiate e agitandole: "Comunque, ho capito che questa è roba buona. Ve lo dico *io*. Bravi, ragazzi".

"Grazie," dissero Ettore e Gianni, in coro. Biglia non disse nulla.

"Allora, adesso dobbiamo decidere," disse Armando Ferretti. "Chi è il Tiziano Sclavi?"

Ettore scambiò un'occhiata perplessa con i suoi due amici, poi rispose, cauto: "Ehm... l'inventore di Dylan Dog?".

"Ma sì, lo so! Ma il *nostro* Tiziano Sclavi chi è? Dobbiamo metterci anche noi un nome, per essere uguali."

"Ma noi non siamo uguali," pensò Ettore.

"Allora, chi è?" insistette Ferretti. Lasciò giù le fotocopie e afferrò spazientito un numero di "Dylan Dog" (*Oltre la morte*) che aveva lì, sulla scrivania, lo aprì e lesse: "Personaggio creato da...".

"Da lui," disse Gianni, indicando Ettore. "Da Ettore Lisio."

Ettore si sentì avvampare. "Io... veramente..."

Ferretti gli sorrise. "Uè, tu, non fare il modesto!"

"Loro però mi hanno aiutato..." disse Ettore, indicando Gianni e poi Biglia.

"E allora?! Anche a me mi aiutano, quelli che lavorano con me. Ma l'azienda è del sottoscritto, Armando Ferretti. La gente ha bisogno di sapere di chi è una cosa. Anche per sapere a chi dare la colpa," spiegò Ferretti, e sorrise ancora a Ettore: "Per esempio, se diranno che Doc Diablo è una cagata, la colpa sarà tua".

"Ah..."

"Sto scherzando, pirla!" Ferretti scoppiò a ridere, imitato da Gianni, Biglia e, da ultimo, Ettore.

"Allora," riprese, "io sono l'editore e ci metto la firma, pure come direttore responsabile. Così sono io che rischio di andare in galera. Stai in campana quindi. Tu sei il creatore e ti faccio un contrattino, ne parlo subito con il ragioniere. Ti pago il lavoro, quello sempre, e ti do anche un 7 per cento, dopo le sessantamila copie vendute."

"Perché non dopo le centomila, già che ci siamo?" pensò amaramente Ettore, che un anno dopo si sarebbe comprato la sua prima casa, senza bisogno di accendere un mutuo. E in seguito avrebbe appreso l'antica arte di spendere sempre tutto senza mai capire come, diventandone un maestro.

"Tu sei il responsabile dei disegni," disse Ferretti, indicando Gianni.

"E ce lo scriverà sopra?"

"Calma e gesso, ragazzo. Vediamo." Ferretti tornò a esaminare l'albo di Dylan Dog. "Qui non c'è scritto un cazzo, al riguardo. Quindi non lo mettiamo nemmeno noi. Però ti do dei soldi in più, che trattengo da quelli degli altri disegnatori."

Dopo un istante di silenzio, la voce di Biglia: "E io?".

"Tu?" Armando Ferretti lo scrutò, come se si rendesse conto solo in quel momento della sua esistenza.

"Lui ha partecipato alla creazione," disse Ettore, così a bassa voce che forse lo pensò soltanto.

"Lui aiuta Ettore, con le sceneggiature," disse Gianni. "Non i soggetti, però. Quelli li fa tutti Ettore."

Ettore si mise a osservare le piastrelle del pavimento.

"Ho capito," disse Ferretti, rivolto a Biglia. "Allora a te ti pago le sceneggiature... però un po' meno, perché non fai i soggetti. Mi sembra giusto."

"Avrei anche quella *mia* serie," disse Biglia. "Quella delle tre proposte che lei ha messo da parte, perché voleva pensarci."

Ferretti sbatté il "Dylan Dog" sulla scrivania. "Una cosa alla volta, porca miseria! A voi vi si dà un dito e vi prendete un braccio! Adesso pensiamo a Doc Diablo!"

"Mi scusi," mormorò Biglia. Ed Ettore desiderò uscire dal proprio corpo e volare via.

In quel momento, suonò il telefono sulla scrivania. Ferretti alzò la cornetta e schiacciò un tastino rosso, che lampeggiava. "Che cosa c'è?" disse brusco e, dopo un breve silenzio, in tono più morbido: "Sì, l'aspettavo. Può venire".

Abbassò la cornetta e tornò a rivolgersi ai tre ragazzi. "Non è che potete fare tutto da soli, comunque. E io non ho tempo di starvi sempre dietro. Per questo, ho deciso di mettere qualcun altro della famiglia a lavorare con voi. Così vi tiene d'occhio, che non facciate cazzate. Una persona giovane, come voi, che voglio fare entrare in casa editrice."

"Un figlio di papà. Siamo a posto," pensò Ettore. "Adesso dirà che ha fatto la Bocconi."

"Ha fatto la Bocconi, eh," disse Ferretti. "Non è mica ignorante come me." Si mise a ridere. Questa volta Ettore, Gianni e Biglia evitarono di imitarlo. "E poi di fumetti se ne intende," aggiunse.

Ettore pensò che la fregatura finalmente era arrivata. Stava andando tutto troppo bene.

Sentì la porta aprirsi, alle proprie spalle. Non si girò, tanto era sicuro del tipetto saccente che avrebbe visto. Sentì una voce: "Ciao, papà". Una voce femminile.

"Perfetto," pensò. "Ero stato perfino ottimista. Peggio ancora del figlio di papà, c'è la cocca di papà."

"Ciao," disse Armando Ferretti, e poi, rivolto ai ragazzi: "Vi presento Beatrice, mia figlia".

E allora Ettore si girò.

Doc Diablo
Inferno: ritorno e andata
di Simone Alberighi

Articolo apparso sul webmagazine "Pensieri fra le nuvole"

Molto si è detto e si è scritto sulla parabola editoriale e artistica di "Doc Diablo". Sulla sua ascesa e il suo declino, entrambi sorprendenti, ma non inspiegabili. Fin dall'uscita del primo numero, *Figlio di Satana* (novembre 1995), il passaparola generò una crescita esponenziale delle vendite. "L'impressione era che chiunque comprasse una copia di 'Doc Diablo' poi riuscisse a convincere almeno un altro paio di persone a imitarlo. Dovevamo continuare a ristampare, con le macchine che andavano giorno e notte," ha raccontato Beatrice Ferretti, coordinatrice editoriale della IronPress, in un'intervista rilasciataci poco prima della sua tragica scomparsa, avvenuta due anni fa.
Appena ventiquattrenne quando "Doc Diablo" fece la sua comparsa in edicola, Beatrice Ferretti è stata anche la compagna di vita di Ettore Lisio (i due si sposarono qualche giorno dopo l'uscita dell'ultimo numero dell'albo) e forse la più lucida testimone della storia del personaggio. "Ci fu un insieme di fattori, che portarono nella stessa direzione. Innanzitutto, la scrittura di Ettore. Il suo grande pregio stava, paradossalmente, nell'inesperienza: scriveva anche le scene

più classiche come se fosse il primo al mondo a farlo." Parole di Beatrice Ferretti che può sottoscrivere chiunque abbia letto il miglior "Doc Diablo". Quello che Lisio firmava direttamente. E anche quello in cui lasciava un chiaro segno, come supervisore di collaboratori (primo, in ordine di tempo, Biglia ovvero Francesco Biglini, oggi soddisfatto gestore di una catena di negozi di casalinghi) che in seguito, senza la sua guida e le sue riscritture, non seppero reggere il carico. "Poi c'era l'apporto di Gianni," ha raccontato sempre Beatrice Ferretti, riferendosi a Jaco, disegnatore per eccellenza di "Doc Diablo" sin dal primo numero, e oggi fra i più affermati professionisti del fumetto. "Aveva un segno pulito, ordinato, ma allo stesso tempo uno stile molto moderno, destinato a rimanere tale."

A tutto ciò si aggiunse una straordinaria valenza iconica, che rese il personaggio un simbolo del suo tempo, appena un passo dietro a "Dylan Dog". Il verso *Io per te sono ad hoc, come il Doc,* contenuto in un celeberrimo tormentone estivo, si riferiva al personaggio creato da Lisio. E l'esclamazione tipica di Doc Diablo, "Per le corna di mio padre!", entrò nello slang giovanile: c'è chi oggi la usa senza conoscerne l'origine. Sembrava che nulla potesse fermare il successo di "Doc Diablo". Ma ci riuscì Ettore Lisio: lui lo creò e lui lo distrusse. Un osservatore attento avrebbe potuto notare i sintomi fin dalle prime uscite pubbliche dello sceneggiatore. Le interviste, in cui sempre si sminuiva e sminuiva il personaggio, i premi non ritirati, una crescente insofferenza verso i fan. Le lusinghe da parte di altri editori e di altre serie, con cui Lisio si mise alla prova: storie con un buon mestiere, ma prive di quella grinta, di quella convinzione, che lo avevano reso un autore di culto. E alla fine l'abbandono a sé stesso di "Doc Diablo", quando, dopo la scrittura, lasciò anche la supervisione del lavoro altrui.

Le vendite precipitarono, scendendo sotto la soglia delle quindicimila copie: quando era all'apice della popolarità erano state oltre duecentomila. *La resa dei conti*, uscito nel febbraio del 2001, fu il canto del cigno. "Doc Diablo" si concluse, ironicamente, con una delle migliori storie, sulla quale Ettore Lisio era tornato un'ultima volta a mettere la firma, come in calce a un testamento, fatalmente rimasto senza eredi.

18.
Chi dorme non piglia pescivendoli

L'appuntamento con Igor, per recarsi insieme al mercato del pesce, era alle tre e mezzo *di notte*, fuso orario di Ettore Lisio, e di qualunque normale essere umano. Perché le tre e mezzo sono notte, andiamo, *non* mattino.

Ettore si fece trovare sotto casa abbigliato nel modo che segue: giaccone da marinaio, con bottoni di metallo decorati con piccole ancore a sbalzo, portato sopra maglione a collo alto blu navy; berretto di lana grezza, sempre blu; pantaloni di tela, verde marcio, con tasconi laterali; scarpe da vela.

"Molto bene. Immagino che questo sia il tuo concetto di 'passare inosservato'," disse Igor, quando Ettore salì in macchina. "Però ti mancano una canna da pesca in spalla e un filetto di merluzzo in tasca."

Ettore alzò gli occhi al cielo. "Perché tutti i miei amici sono buffoni?"

"Puoi darti facilmente una risposta."

"Muoviamoci, dai."

Ettore osservava il paesaggio urbano sfilare fuori dal finestrino. C'erano luci accese, sagome in movimento, vecchi che portavano a spasso cani (o viceversa), perfino qualche ciclista.

"Parliamo un po'," disse, "altrimenti mi addormento e poi sono ancora più rincoglionito."

"Parliamo di che cosa?" disse Igor con un sorrisino ammiccante. "Di donne?"

Ettore grugnì.

"No, sul serio... non hai nessuna tipa in ballo, adesso?"

Ettore fece un gesto nell'aria che avrebbe potuto significare qualunque cosa e, quindi, nulla.

Igor non mollò la presa. "Eppure, dopo che Beatrice... insomma, *dopo*... qualche storia l'avevi avuta. Eri ripartito bene, mi sembra."

Ettore strinse le labbra.

"Che cosa ti ha bloccato?" chiese Igor. "Tua figlia?"

"Ma no, no, Patrizia non c'entra," disse finalmente Ettore. "Anzi, guarda, credo che adesso sarebbe addirittura favorevole."

"E allora?"

"Allora, niente."

"Niente cosa?"

Ettore prese fiato. "Igor, la pianti?"

"Oh, eri tu che volevi parlare."

"Parliamo di *qualcos'altro*!"

Ettore aveva alzato la voce, e Igor si zittì.

"E va bene," disse Ettore, "allora parliamo di questo. Non me la sento, capisci? Ci provo, magari, ma dopo non ce la faccio. Sono uscito con qualche donna, hai ragione, ma è finita sempre presto e male. Le ho rimosse, subito. Neanche mi ricordo i nomi, ma le figure di merda sì. Quelle sono indelebili. Non dico che le donne non mi interessino più, ma non sono pronto. È troppo presto."

"Non è che io l'abbia conosciuta bene, tua moglie," disse Igor, "ma penso che lei ora vorrebbe soltanto vederti felice. Il tuo problema però è..."

"Il mio problema però è che tu non sai un cazzo," disse Ettore. "Nessuno sa un cazzo e tutti pensano di sapere tutto!" urlò. "Scusami," mormorò. "Scusami, sono un cretino," pensò.

Il sonno gli era passato. Restarono in silenzio, per il resto del viaggio.

Ed Ettore si ritrovò a pensare di nuovo a quella donna. Non bella, ma nemmeno brutta. In pericolo. L'aveva già trasformata: da persona a personaggio, per non correre il rischio di avvicinarsi troppo e poi sparire? Lo psicologo, quando era ancora così furbo da andarci, raccomandava sempre a Ettore di non sceneggiare la propria vita. Anche perché la gente e le cose, quelle sceneggiature, non le avrebbero mai rispettate. Lo avrebbero deluso, peggio del più indisciplinato dei disegnatori.

Del resto Ettore non si sentiva ancora pronto a considerare una donna come, ma sì, una donna. Un'altra donna. Eppure, ripensando a quella donna in pericolo, di nuovo provò una sensazione fisica. Qualcosa che non passava per il cervello e, forse, neppure per il cuore. Era più dalle parti dello stomaco, delle viscere. Il vero albergo dei sentimenti, con buona pace di tanti poeti.

Quella donna era rimasta dentro di lui. Un motivo di più per salvarla. Mettere la parola fine a questa storia. Un lieto fine, possibilmente. E poi passare ad altro. Come nelle avventure del Ranger, dove i personaggi femminili sono solo e soltanto secondari, destinati a vivere in un'unica storia e restare lì, confinati. Ci voleva un finale, in cui l'eroe fosse protagonista. Fosse presente. Non chiuso in uno studio a scrivere, mentre la sua donna, la sua amata, attraversava una strada... e lui non la salvava...

"No!" lasciò sfuggire Ettore. Un sibilo fra i denti. I pugni chiusi sulle ginocchia.

"No cosa?" gli chiese Igor. "Tutto bene?"

"Benissimo," disse Ettore. "Credo di essermi addormentato per un attimo e di avere fatto un sogno."

"Quale sogno? Doveva essere ben brutto."

"Non lo so. È già svanito."

"Meglio così," disse Igor.

"Meglio," disse Ettore.

Si fermarono in coda. Per entrare bisognava superare una sbarra, con guardiola a fianco.

Il furgoncino in testa alla fila si avvicinò. Si fermò, il braccio del guidatore uscì dal finestrino, porgendo un foglio a un uomo che si affacciò dalla guardiola giusto il tempo di dare un'occhiata. Subito dopo la sbarra si alzò, lasciando passare il furgoncino.

"Visto?" disse Igor. "Non serve essere Diabolik."

"No, in effetti." Ettore si sentì quasi deluso.

Mentre la coda scorreva, attraverso le sbarre della cancellata scorse un parcheggio già affollato e, più in fondo, una specie di hangar con il portone aperto, un rettangolo illuminato nella massa scura.

Spinto dalla curiosità, abbassò il finestrino e tirò un respiro. "Mmm... pensavo che ci sarebbe stata più puzza."

"Non è puzza, Ettore. Semmai profumo. Lì c'è pesce freschissimo. Arriva dritto a Milano, dopo essere stato pescato."

"Ci manca soltanto il mare, in questa città," disse Ettore. "Ma non si può pretendere troppo."

"Abbiamo i Navigli," disse Igor.

"Certo," disse Ettore. Entrambi seri.

"Ehi, ciao," disse Pietro, aprendo la portiera posteriore. Con lui si erano dati appuntamento fuori dal mercato, perché era più comodo che venisse con la sua macchina. Ettore notò che era vestito come se dovesse andare in ufficio, con tanto di cravatta, ma un po' stropicciato.

"Hai dormito su una panchina?" gli chiese, scherzando.

"No," rispose Pietro. "Non ci sono riuscito." Salì in macchina, dietro a Ettore. E Igor rimise in moto.

Alla guardiola intanto c'era un avvicendamento. L'uomo di prima ne salutava un altro, appena arrivato.

Igor abbassò il finestrino, aprì il foglio che aveva appoggiato sul cruscotto e lo mostrò al nuovo guardiano.

Quello prese il foglio, lo esaminò e sbirciò dentro la macchina. "Siete in tre," disse. "L'autorizzazione è per due." Avevano trovato l'ispettore Ginko.

Igor indicò prima Ettore e poi Pietro. "Questo è il mio socio, autorizzato. E lui è venuto per aiutarci."

"Ma non è autorizzato," disse ancora il solerte guardiano.

Ettore pensò che era meglio non farlo incazzare, prima che si mettesse a controllare anche i documenti e alla fine lasciasse entrare soltanto Igor.

Pietro doveva avere pensato la stessa cosa. "Ho capito," disse. "Scendo e vi aspetto fuori."

"Così però non potrai aiutarci..." disse Igor.

Tutto mentre il guardiano restava in attesa, con il foglio in mano.

"Fa nulla!" disse Ettore, guardando Igor dritto negli occhi. "Ci arrangeremo da soli."

"Oookay," disse Igor.

Quando Pietro ebbe richiuso la portiera, il guardiano restituì il foglio a Igor. "Voi due potete passare. Buongiorno."

"Non è giorno," pensò Ettore.

La sbarra si alzò ed entrarono.

C'era parecchia gente in giro. Ettore scorse i primi pesci, in recipienti di polistirolo e di plastica. Si vendevano anche lì, all'aperto. Vide soldi cambiare di mano. Sentì voci concitate, di trattative in corso.

"Sono passate da poco le quattro," disse. "Come mai già questo casino?"

"Chi prima arriva fa gli affari migliori," spiegò Igor, parcheggiando la macchina in un posto libero tra due furgoni. "Il mercato apre sempre un po' prima, rispetto all'orario ufficiale, hai visto la fila fuori."

"Ho fatto delle stampate," disse Ettore. Estrasse quattro fogli dalla tasca del giaccone. Due li passò a Igor e due li tenne per sé. Erano i disegni dei pescivendoli, fatti da Gianni.

Igor si soffermò a osservare quello del pescivendolo con il viso allungato, cavallino, annuendo. "Sì che l'ho già visto..."

Nell'hangar c'era il mercato vero e proprio. C'erano bancarelle e stand, ma gran parte dei recipienti era appoggiata a terra, in lunghe file a formare corsie in cui procedevano carrelli e muletti. Faceva un bel freddo e l'indumento più comune era la giacca a vento. I venditori portavano stivali di gomma, con cui si aggiravano in larghe pozze di liquido e di poltiglia rossastra. Uno di loro appoggiò sopra un bancone quello che per Ettore – assai dispiaciuto, nella sua pignoleria – era solo un "grosso pesce" e, con un coltellaccio, si mise allegramente a sventrarlo. Un anziano signore osservava, chino in avanti, con le mani unite dietro la schiena. Meglio di un cantiere. Ettore spostò lo sguardo su delle specie di silos, allineati su un lato, dai quali andava e veniva gente munita di secchi.

"Che cosa sono?" chiese a Igor.

"Macchine per fare il ghiaccio tritato. Ne serve tanto."

Dappertutto c'era un gran traffico di cose, persone, pesci. Valutare, discutere, pesare, pagare. Un caos organizzato. Una coreografia complessa, ma impeccabile. Nessuno stava mai fermo, ma tutti sembravano sempre al proprio posto. Ettore pensò che tutto ciò era molto milanese, e se ne compiacque.

"Allora, che cosa facciamo?" domandò Igor.

"Meglio se ci separiamo."

"Ci sto. Così ne approfitto per fare i miei acquisti per il ristorante, in pace."

Ettore lanciò un'occhiata ai cartellini dei prezzi, constatando che non gli dicevano nulla. Quando andava a comprare il pesce, nei posti normali, sceglieva e pagava, senza badare al prezzo. A dimostrazione del suo rapporto disinvolto e catastrofico con il denaro.

"Eh, sì," disse Igor, che doveva avere notato, ma male interpretato, il suo sguardo. "Si fanno ottimi affari, ma è meglio se eviti. Ricordati che sei un abusivo."

"Stai tranquillo, non voglio mettermi in altri guai," disse Ettore. "Io vado di qua e tu di là," concluse. "Se perdiamo il contatto visivo, ci si ritrova alla macchina tra un'ora. Comunque, abbiamo i cellulari."

Igor fece uno scherzoso saluto militare, e si divisero.

Ettore cominciò ad aggirarsi nell'hangar, studiando i venditori. Ne individuò uno con dei baffetti simpatici che aveva appena salutato un compratore. Si avvicinò, con il sorriso più naturale di cui era capace. Sembrava la classica scena del Ranger che si accinge a prendere per il naso un bandito messicano. "Salve, amico." Primo errore: chi mai saluta con "amico", nella realtà?

"Buongiorno, signore," gli disse Baffetto. "Di cosa ha bisogno?"

Ettore mostrò i due disegni. "Cerco loro."

"Mi dispiace, vendo soltanto pesce."

"Cerco questi due colleghi, pescivendoli."

"Lei è del settore?" disse Baffetto, facendosi serio. "Strano che io non l'abbia mai vista."

Ettore arrancò. "Ho cominciato da poco. E di solito qui viene il mio socio."

La spiegazione parve bastare a Baffetto, che tornò a osservare i disegni.

"Belli," disse, "chi li ha fatti?"

"Un mio amico. Un artista. Gli piace ritrarre gente comune, sul luogo di lavoro. Muratori, falegnami, idraulici, negozianti, pescivendoli... Ma questo ora non è importante. Sto cercando questi due colleghi, perché devo loro dei soldi."

"Se sa che sono pescivendoli, dovrebbe anche sapere dov'è la loro pescheria," osservò Baffetto, non più così simpatico. "E il suo amico sarà andato lì, a ritrarli." Altro che bandito messicano.

"Sono già andato lì anch'io, infatti, di recente. Ma ho scoperto che la pescheria ha chiuso."

"Mi dispiace," disse Baffetto. "E che pescheria era?"

Ettore gli disse qual era la strada, poi sollevò il foglio con il disegno del pescivendolo più anziano. "Lui è il proprietario. Dovrebbe chiamarsi Mario Ambrosetti."

"Dovrebbe?"

A questo punto, il Ranger avrebbe estratto la Colt. "Mi confondo sempre. Non mi ricordo quale dei due si chiama Mario Ambrosetti."

"E l'altro come si chiama?"

Ettore si impose la calma. "Giovanni, mi pare. Ma potrei sbagliarmi."

Baffetto osservò il disegno del pescivendolo cavallino. "Mi sembra di averli visti entrambi... questo, soprattutto. Credo anche di avergli venduto del pesce." E che altro, se no?

“Ho bisogno di contattarli, per dargli quei soldi. Non ha un numero di telefono?”

“E perché dovrei chiederlo ai clienti?” disse Baffetto, in tono polemico. “Per chiamarli, ogni tanto, e domandare come stanno le mie orate?”

A questo punto, Ettore avrebbe potuto soltanto incazzarsi, peggiorando la situazione. Ma c’era il rischio di farsi notare troppo, cosa sconsigliatagli da Igor.

Fu Baffetto a chiudere la questione. “Mi scusi, adesso ho da fare,” disse, indicando una donna che osservava dei polpi con interesse professionale.

Benché fallimentare, questa prima esperienza fu d’insegnamento a Ettore, che con i successivi venditori evitò di fingersi uno del settore e di incartarsi con i dettagli. Se gli chiedevano qualcosa di troppo, si mostrava contrito e rispondeva: “Mi dispiace, questo non posso dirglielo. È una faccenda un po’ delicata”.

A ogni modo, i risultati furono deludenti. Tutti quanti si ricordavano di avere visto i due pescivendoli, e in particolare quello cavallino. Alcuni erano sicuri di avere venduto loro del pesce. Ma nessuno si era mai preoccupato di approfondire la conoscenza. Un venditore, più disponibile degli altri, accettò di controllare in un registro delle fatture. Ettore ottenne, ancora una volta, il nome Mario Ambrosetti, l’indirizzo di quella via, quel numero di telefono fisso e, in aggiunta, un’inutile partita Iva.

Dopo una decina di tentativi cominciò a sentirsi molto stanco, oltre che scoraggiato. Aveva perso troppe ore di sonno, invano.

Si guardò attorno in cerca di Igor. Ma era perso nella folla, che nel frattempo era aumentata. Magari aveva avuto più fortuna di lui. No, meglio non illudersi: se Igor avesse scoperto qualcosa, lo avrebbe chiamato al cellulare. In compenso, Ettore avvistò un distributore di caffè in fondo al mercato. Mise via i disegni e si frugò nelle tasche. Ci trovò una pallottola di carta che, una volta srotolata, si rivelò, miracolo, una banconota da cinque euro, rimasta lì da chissà quando.

Si avviò verso la macchina del caffè, contando su un futuro migliore. Arrivato alla meta, ebbe però una delusione. C'era un foglietto, attaccato sopra, con scritto: *Soltanto monete.* Ettore cercò comprensione e risposte negli occhi di un merluzzo, disteso su un letto di ghiaccio tritato. Ma quel pesce sembrava messo peggio di lui. Ettore decise di rivolgersi a qualche umano, che avrebbe potuto cambiargli quella misera banconota. Fu così che lo vide.

19.

Inseguimenti e spiegoni del caso

Avrebbe dovuto riconoscerlo subito, ma quel giubbotto verde pisello non quadrava con l'immagine che aveva in mente. Poi si concentrò sulla faccia, su quel volto allungato. Era lui: il pescivendolo cavallino! Stava lì, a una decina di metri di distanza, in mezzo alla folla. Ettore lo fissò, sgomento. Gli sguardi si incrociarono. Cavallino gli apparve allarmato, nel vedersi osservato. Si voltò, incamminandosi spedito verso il portone. Allora Ettore commise un errore, anzi, una serie di errori concatenati.

Gridò: "Ehi!".

Cavallino si girò.

"Fermo!" gridò ancora Ettore, e si precipitò verso di lui gettando via la banconota, senza un perché. Al che Cavallino si allarmò anche di più e prese a scappare.

"No! Fermo!" Ettore accelerò il passo, facendosi largo tra la folla che lo guardava perplessa. Urtò un ragazzo con un bicchierino di caffè, facendoglielo rovesciare. Si voltò a chiedergli scusa, per sentirsi dare del coglione. Perse di vista Cavallino, per qualche infinito secondo. E di nuovo lo localizzò, grazie all'orribile giubbotto verde pisello. Aveva guadagnato terreno: si trovava ormai vicino all'uscita dell'hangar. Ettore ripartì all'inseguimento, con una corsa goffa e scomposta, costretto a fare slalom tra la gente, e attento a non scivolare su acqua e quant'altro.

Sbucò nel parcheggio e si fermò un istante a cercare il suo

uomo con gli occhi, prima fra la gente impegnata anche lì nella compravendita di pesce, poi fra i veicoli parcheggiati. Niente. Spostò lo sguardo verso il cancello e, al di là della sbarra, vide una macchia verde pisello che rimpiccioliva, allontanandosi. "No!" disse Ettore.

Ripartì. C'era un passaggio per i pedoni, fra la sbarra e il gabbiotto. Nessun controllo, all'uscita. Ettore si ritrovò in strada, sempre più affannato. Si impose di continuare a correre. Ma dov'era finito Cavallino, adesso? Poteva aver voltato un angolo, ma quale? Forse aveva preso una strada che lui si era già lasciato alle spalle. Il buio non aiutava. Rallentò il passo, una mano sul fianco, a sentire il proprio respiro pesante. E poi un vociare indistinto e concitato.

Qualcuno stava discutendo, litigando. Si concentrò e distinse due voci, una delle quali gli risultò familiare. Procedette fino all'angolo di una strada, poco più avanti. Ed ecco il tafferuglio. C'erano Pietro e Cavallino. Non era un bello spettacolo, roba da cortile dell'asilo. Pietro tratteneva Cavallino tirandolo per una manica del giubbotto. Cavallino gli diede un calcio negli stinchi, e in cambio ne ricevette un altro.

Strillavano entrambi, spingendo e smanacciando.

Pietro: "Fermo, basta! Non...".

Cavallino: "Mi lasci! Mi lasci andare!".

Ettore restò a guardare, rapito, mentre Pietro cambiava strategia. Invece di continuare a tirare Cavallino, gli diede uno spintone che lo mandò a sbattere contro il muro. Era tempo di intervenire. Ettore si avvicinò: "Pietro!".

Pietro guardò Ettore. E lo stesso fece Cavallino, spalle al muro, sembrava terrorizzato. Alzò le braccia, mettendo le mani davanti alla faccia. "No, non mi picchiate... vi prego!" supplicò. "Non urlo... non chiamo aiuto, ve lo giuro... ma non mi picchiate!"

E in quel momento Ettore sentì un brivido lungo la schiena, che non era di freddo. Ma sì, certo. Adesso c'era arrivato. I pezzi erano tornati al loro posto.

"Ho capito," disse.

"Che cosa?" domandò Pietro.

Ettore non gli rispose e si rivolse a Cavallino, avvicinandosi. "Stia tranquillo. Noi siamo amici. Noi la aiuteremo. Aiuteremo lei e Mario Ambrosetti. Sappiamo come sono andate le cose, l'altro giorno, ma adesso non succederà niente del genere."

"Sappiamo?" disse Pietro. "Quali cose?"

Ettore continuò a parlare soltanto a Cavallino, cercando di apparire amichevole, calmo. Sicuro di sé e, allo stesso tempo, rassicurante. "Come si chiama?"

"Giacomo... Giacomo Fumagalli." Altro classico cognome milanese. Anzi, brianzolo.

Ettore presentò Pietro, poi tese la mano a Giacomo Fumagalli: "Molto lieto, Ettore Lisio," e l'altro la strinse timidamente. "Ora le racconto che cosa è successo, a grandi linee," proseguì. "Così si renderà conto che io e il mio amico siamo ben coscienti della situazione."

"Ma io non..." disse Pietro. Ettore lo tacitò con un cenno.

"Mercoledì mattina sono venuti da voi un uomo e una donna. Lui un tipo vestito di grigio, *apparentemente* innocuo. Stile impiegato. Lei una donna giovane, straniera."

"Rumena," disse Fumagalli. "Mentre eravamo lì, lui l'ha minacciata di rispedirla in Romania, fatta a pezzi dentro una cassa. Le ha detto così, perché aveva cercato di..."

"Di difendervi, immagino. Lei è una brava donna," disse Ettore.

"Tra l'altro, era arrivata lei per prima. Si era guardata un po' in giro..."

"È la tattica dell'uomo in grigio," disse Ettore, ricordando com'era andata con lui. "L'aveva mandata avanti a controllare la situazione. E lei gli ha scritto un messaggio..."

"Sì, esatto!" esclamò Fumagalli. "Ha tirato fuori il cellulare, ha scritto qualcosa e l'ha rimesso via. Subito dopo è suonato ancora il citofono, ed è arrivato lui. Tutto tranquillo e sorridente, all'inizio."

Ettore annuì. Era come un film, dentro la sua testa. O come un fumetto, sceneggiato con precisione e disegnato con realismo. "L'uomo in grigio... per ora continuiamo a chiamarlo così..." disse Ettore, "...era interessato al negozio. Alla pescheria, chiusa di recente. Voleva affittare i locali... magari, addirittura, comprarli, alle sue condizioni, che lei e il signor Ambrosetti giudicavate inaccettabili, dico bene?"

"I locali sono di Mario... è lui il padrone," specificò Fumagalli. "Io lavoro per lui... lavoravo. Ero passato a casa sua per salutarlo. Mi dispiaceva non vederlo più."

"Quindi la scena è ambientata a casa di Mario Ambrosetti. Tutto quadra, ancora meglio," disse Ettore, e continuò: "L'uomo in grigio ha proposto una miseria, per l'affitto o l'acquisto. Il signor Ambrosetti si è rifiutato e lei gli ha dato ragione. Ed è stato allora che l'uomo in grigio ha rivelato la sua natura violenta. Vi ha aggrediti e picchiati. Come mai non siete riusciti a difendervi, in due contro uno? Avete avuto solo troppa paura, oppure... era anche armato?".

"Aveva una pistola. L'ha usata per picchiarci, prima che finissimo sul pavimento. Dopo ha usato i piedi."

"Vi avrà ordinato di non urlare. Ma lei l'ha fatto... ha chiamato aiuto." Nella voce di Ettore, un'incrinatura.

Giacomo Fumagalli annuì.

"Bene," disse Ettore, anche se non c'era niente di bene. "L'uomo in grigio le ha intimato di stare zitto. Ed è stato allora che è suonato il telefono. Il cellulare di Mario Ambrosetti, intendo. Era lì appoggiato da qualche parte, in casa sua."

"Era sul tavolo," disse Fumagalli.

"Cavolo, ma allora..." disse Pietro.

"Sulle prime, l'uomo in grigio non sapeva che cosa fare. Poi deve avere temuto che qualcuno, sentendo urlare e invocare aiuto, avesse telefonato per sapere che cosa stava succedendo. Perciò ha ordinato alla donna di rispondere... magari fingendosi una domestica... e di dire che in quel momento il signor Ambrosetti non poteva parlare, ma che andava tutto bene, non era successo niente. A telefonare, però, non era un vicino di casa preoccupato. Ero io, che avevo visto quel cartello sulla serranda ed ero interessato all'affitto. La donna è rimasta spiazzata, non ha saputo bene cosa dire... e allora l'uomo le ha strappato di mano il telefono. Abbiamo avuto una discussione e quello che gli ho detto non deve essergli piaciuto per nulla. In particolare, quando ho nominato la polizia, peraltro soltanto per fare la voce grossa. L'uomo in grigio si è incazzato e ha deciso di darmi un appuntamento, per regolare la questione a modo suo."

"Ha picchiato anche lei?" chiese Fumagalli.

Ettore annuì. "Un vero stronzo. Immagino se la sia presa con la donna, dopo la telefonata."

"Se l'era presa anche prima, se è per questo. Si capiva che si divertiva a tormentarla, a minacciarla."

"E sicuramente ha minacciato soprattutto lei e il signor Ambrosetti, perché non andaste in giro a raccontare che cosa era successo, oltre che per assicurarsi il negozio."

"Ha detto che se la sarebbe presa con i nostri famigliari. Sapeva già che Mario ha due figli grandi, avuti dalla ex, e ha costretto me a dirgli di mia moglie."

In cuor suo, Ettore si rallegrò che quel volto cavallino avesse trovato almeno un'estimatrice. "È lo stile di quel maledetto," disse. "Ha minacciato pure me. Immagino che alla fine il signor Ambrosetti abbia accettato le sue condizioni, per l'affitto o la vendita che sia."

"Gli ha già consegnato le chiavi del negozio," disse Fumagalli. "E quello ha detto che si rifarà vivo con comodo, per fargli firmare un contratto. Una scrittura privata."

"E a quanto ammonterebbe l'affitto?" chiese Ettore.

Fumagalli abbassò gli occhi, come se si vergognasse: "Duecento euro al mese, tutto compreso. L'ha definita 'un'offerta generosa', ha detto proprio così".

"Ci sarebbe da ridere," commentò Ettore, "se fosse una storia da ridere."

"Ma tutte quelle cose..." gli disse Fumagalli, "tutte quelle cose che sono successe, a casa di Mario, lei come ha fatto a saperle?" Lui e anche Pietro fissavano Ettore, in attesa.

"Semplice deduzione," avrebbe detto il Ranger, con un mezzo sorriso sornione. Campione mondiale degli spiegoni, sul podio.

"Ci ho messo un po' ad arrivarci," disse Ettore, stringendosi nelle spalle. "Ma ci sono arrivato."

Ci fu una pausa, per gli applausi di un pubblico invisibile. Poi Pietro si rivolse a Fumagalli: "L'ho vista fuggire dal mercato del pesce. Ma che cosa ci faceva lì, se la pescheria è chiusa?".

Ettore pensò che in effetti era una buona domanda.

"Ho trovato lavoro in un supermercato, al banco del pesce. È stato Mario a raccomandarmi," disse Fumagalli. "Ha chiuso la pescheria soltanto quando è stato sicuro che mi ero sistemato. Non mi avrebbe mai lasciato in brache di tela."

"E perché ha chiuso?" chiese Pietro.

"Per andare in pensione, dopo tanti anni a sgobbare. Si merita una bella vecchiaia. È una brava persona. Tutti quelli che lo conoscono gli vogliono bene e lo rispettano. E adesso..."

"Adesso?" chiese Ettore.

"Adesso è in ospedale, con un braccio rotto. Ha dovuto raccontare di essere caduto dalle scale." Il volto di Giacomo Fumagalli parve diventare ancora più lungo e mogio. "Ho avuto tanta paura, per lui e per me. È per questo che poco fa sono scappato, quando lei mi ha puntato così deciso."

"Mi dispiace. Non volevo spaventarla."

"Il suo amico ha fatto di peggio."

"Scusi," disse Pietro. "Ho esagerato. È un periodo che ho i nervi tesi."

Ettore si ripromise di fare due chiacchiere con Pietro, al più presto. Appena quella storia fosse finita.

"Ho un paio di domande, adesso," disse a Fumagalli, che lo guardò con aria preoccupata. "Per cominciare, l'uomo in grigio si è presentato? Sa come si chiama?"

"No, non lo so. Quando ero arrivato lì, Mario mi aveva detto che stava aspettando una visita. Un tizio aveva visto il cartello e gli aveva telefonato per prendere appuntamento, senza dire il proprio nome. Cosa che lo aveva un po' scocciato. Poi Mario ha provato a chiederglielo di persona, in mia presenza, più di una volta. Ma, quando ha insistito, quello gli ha dato una sberla."

"E la donna? L'ha mai chiamata per nome?"

"L'ha chiamata in altri modi, tutti brutti."

"Il tizio però un nome dovrà metterlo, sulla scrittura privata," osservò Pietro.

"Ha detto che provvederà *con comodo*," ricordò Ettore. "Dovremo aspettare. Inoltre bisognerebbe chiedere al signor Ambrosetti di avvertirci e..."

"No! No!" Fumagalli si mise di mezzo, agitato. "Lasciate in pace Mario! Lui non vi aiuterebbe mai. Ha paura per sé e per i suoi figli. E ho paura anch'io. Sono andato a togliere il cartello AFFITTASI, come lui mi aveva ordinato, e per me la storia è chiusa."

"Signor Fumagalli, la sua paura è comprensibile, ma," disse Ettore, "c'è di mezzo quella povera donna. E magari qualcun altro, che sta subendo o subirà altre angherie."

"No! Lasciateci in pace. Io e Mario non possiamo aiutarvi, e non vogliamo essere aiutati," disse Fumagalli. "Adesso devo tornare al mercato del pesce, a lavorare." Li salutò brevemente e si voltò, per andarsene.

Ettore e Pietro si scambiarono uno sguardo arreso. Non si poteva pretendere troppo, da quel poveretto.

Ma dopo pochi passi, Fumagalli si fermò e si girò di nuovo verso di loro. "Verso la fine, prima che se ne andassero, l'uomo ha parlato alla donna di espandersi. Le ha chiesto se era contenta che si *espandevano*, ma si vedeva che era per sfotterla. Lei non sembrava per niente contenta."

"E?" disse Ettore.

"E basta," disse Giacomo Fumagalli. "Basta, per favore." Girò l'angolo e sparì.

Ettore e Pietro evitarono di avviarsi subito, per non dargli l'impressione di stargli ancora alle calcagna. Ettore scrisse un messaggio a Igor: *Possiamo andare. Poi ti spiego. Io sono con Pietro. Troviamoci fuori dal mercato.*

Poco dopo, quando arrivarono lì, videro Giacomo Fumagalli scappare fuori, inseguito da Igor. Così dovettero precipitarsi in soccorso dello sventurato pescivendolo.

20.

Troppe sfumature di grigio

Benché fosse arrivato a casa stanco morto, Ettore faticò ad addormentarsi. Troppi pensieri e, sotto sotto, troppo entusiasmo. Una caccia all'uomo, con tanto di inseguimento, una brillante ricostruzione dei fatti e, perfino, un siparietto comico finale (anche se Fumagalli non si era molto divertito). E adesso nuove prospettive, per le indagini. Emersero anche i sensi di colpa, sempre in agguato dietro le rocce del suo subconscio. Lui se la stava godendo, mentre qualcuno aveva sofferto e ancora soffriva. Ripensò a quella donna. A quanto pareva, l'uomo in grigio se la portava in giro per esibirla e infierire. Chissà come si era ritrovata a essere così succube, qual era, in origine, il rapporto fra i due. Amanti, forse? Con questo fastidioso dubbio, Ettore si arrese al sonno.

Si svegliò alle quattro del pomeriggio passate e lasciò dissolvere le ultime tracce di un sogno agitato, inquietante. Sul telefono, c'erano messaggi di tutti. Sandro aveva gettato la spugna, con il catasto, e oggi doveva tornare regolarmente in ufficio, ma voleva aggiornamenti. Pietro in ufficio c'era andato direttamente, dal mercato del pesce, e scriveva di sentirsi un cadavere, ma intenzionato a tenere duro. Ettore ebbe l'impressione che quella storia fosse, per Pietro, un provvidenziale diversivo. Igor si lagnava perché, in tutto quel casino, si era dimenticato di prendere il pesce per il ristorante, e proprio di venerdì. "Fortuna che i supermercati sono aperti," pensò Ettore, ma si astenne dallo scriverglielo. Pippo chiedeva com'era andata al mercato del pesce. Gianni chiedeva se i suoi disegni si erano rivelati utili. E tutti, in un modo o nell'altro, attendevano istruzioni sul da farsi. C'era poi un messaggio di Patrizia, che gli diceva di non aspettarla per cena, perché sarebbe andata a una festa, e di non preoccuparsi se non tornava neppure a dormire. Ma no, Ettore non si sarebbe preoccupato. Era contento per lei, se si divertiva e trascurava un po' lo studio. La casa era libera, quindi. Questo gli fece venire un'idea. Non di quelle da brivido su per la schiena, ma comunque valida.

L'unico a non accettare l'invito a cena fu Igor, perché doveva stare al ristorante. Li avrebbe raggiunti più tardi. Per primo arrivò Pippo, con una commovente scatola di cioccolatini. "Sono scaduti," disse, "però da poco. Si possono mangiare lo stesso." Poco dopo si presentò Pietro, venuto direttamente dall'ufficio. "Scusa se non ti aiuto in cucina," disse a Ettore. "Mi riposo un pochino." Si accasciò sul divano e si addormentò come se gli avessero tolto la spina. Poi giunse Sandro, con una borsa termica riempita di bottiglie che era passato a prendere al Fat. Così, in un certo qual modo, anche Ciccio avrebbe avuto la sua parte. Buon ultimo Gianni, guest star della serata. Con i suoi disegni, si era guadagnato l'ammirazione di tutti.

Ettore preparò un più che discreto sugo di salsiccia e radicchio, con l'aiuto di Pippo, che diede anche un paio di buoni consigli sull'uso delle spezie.

"Le droghe sono proprio il tuo forte, eh?" fu il commento Ettore.

"No, è la mamma che mi ha insegnato."

"Hai una mamma?"

"Sì, per adesso..."

Resuscitato Pietro, si misero intorno al tavolo del soggiorno, per mangiare, bere e studiare le prossime mosse. Mentre cucinava e apparecchiava, Ettore aveva già provveduto a ragguagliare Pippo, Sandro e Gianni sugli avvenimenti della notte (mattina, per qualcuno) prima. Tutti sapevano tutto, ora.

"Il concetto di *espandersi* potrebbe riferirsi a un'attività commerciale," disse Sandro.

"Forse ha già un'altra pescheria," disse Pietro.

"Non è detto. Potrebbe trattarsi di una qualunque altra attività."

"E poi non mi sembra il tipo che potrebbe vendere pesce," intervenne Ettore. "E nemmeno la donna."

"La rumena," puntualizzò Pietro.

"Espandersi..." ripeté Sandro, pensieroso. "Mi fa pensare che l'attività sia già in quella via e abbia bisogno di altro spazio."

Ettore mostrò a Pippo i ritratti dell'uomo in grigio e della donna. Gianni fece un sorriso gongolante.

"Sicuro di non averli mai visti? In un negozio, in un bar..."

"Sicurissimo," confermò Pippo, a bocca piena. "E io vedo sempre i movimenti di tutti, quando sono lì. Tengo gli occhi aperti."

"Immagino che sia importante, nel tuo mestiere," disse Ettore. "Allora significa che nessuno di questi due lavora in quella strada..."

"Oppure che ci lavora quando non ci lavoro io," disse Pippo, tranquillo, mentre prendeva un'altra forchettata di pasta. "Cioè..."

"Cioè di notte!" esclamò Ettore. "E che cosa c'è aperto di notte, in quella via?"

"Sembra una domanda trabocchetto," disse Gianni.

"Be'," disse Pippo, senza smettere di ingozzarsi, "di notte c'è aperto solo quel night club. Lo dice la parola stessa. È proprio nel palazzo di fianco alla pescheria, fra l'altro."

"Cazzo cazzo cazzo," disse Ettore. Balzò in piedi, acciuffò il telecomando e riaccese la televisione. Pietro e Sandro lo guardavano stupefatti, mentre Pippo chiedeva se poteva servirsi altra pasta.

Ettore ripescò il documentario e lo fece partire con l'avanti veloce, dall'inizio.

"Dovrebbe esserci anche quello," disse. "Mi pare di ricordare..."

Ricordava bene. A un certo punto, superata la parte con i due pescivendoli, sullo schermo apparve l'immagine del night club, con l'insegna illuminata. Di notte.

Le riprese in questa parte erano di pessima qualità. Probabilmente, rubate con un telefono. Una mano entrò in campo per suonare il tasto di un campanello, di fianco alla porta di metallo. Venne ad aprire un uomo massiccio, vestito di nero. L'inquadratura ora era angolata dal basso, come se il reporter non volesse tenere il cellulare troppo in vista. L'immagine era stata modificata, in modo che il volto del buttafuori risultasse mascherato da un'ombra grigia. Questione di privacy.

C'era uno stacco. E il video ricominciava da dentro il night club. Anche lì, tutti volti oscurati. Altre parti del corpo però erano scoperte. Gambe, glutei e seni di giovani donne che si aggiravano per l'ambiente portando da bere, che ballavano su un minuscolo palco avvinghiate ai pali, che si sedevano sulle gambe di uomini (vestiti) seduti ai tavoli. In sottofondo, musica dance distorta. La cassa della batteria elettronica che pulsava come un cuore affannato. A un certo punto, il video catturò un passaggio di soldi, dalle mani di un uomo a quelle di una ragazza accucciata sopra di lui, la quale a sua volta li passò a una cameriera. Dopodiché l'uomo e la ragazza si alzarono e si allontanarono, voltando le spalle. Una mano dell'uomo era aggrappata al culo della ragazza.

"Tu, che cazzo fai?" Una voce aveva sovrastato la musica.

L'inquadratura si spostò su un uomo. Ettore non aveva bisogno di vederne il volto, coperto di grigio, per riconoscerlo. Gli bastava il vestito, anch'esso grigio. E, anche se la voce era stata distorta in quel video, in rispetto della privacy, Ettore fu sicuro che era quella.

"Che cazzo fai con quell'affare?" sbraitò. "Ti caccio fuori a calci nel culo!"

Poi un'altra voce, fuori campo: "Ma... lei chi è?".

E di nuovo l'uomo in grigio: "Io sono il padrone, brutta testa di cazzo!".

Tutto lo schermo divenne grigio, adesso. Il video era stato interrotto. Il documentario riprese con immagini di buona qualità, che mostravano la strada, di giorno. Ettore spense. Aveva visto e sentito abbastanza.

"Porca miseria," disse Gianni.

Ettore fece sì con la testa, come se quell'esclamazione contenesse una grande verità.

"Di sicuro, non vanno lì soltanto per vedere le ragazze ballare e spogliarsi," disse Sandro.

"No, non soltanto per vedere," confermò Pippo. "Quello è un bordello, ma proprio. Non per dire."

Ettore lo guardò stupito. "Come fai a saperlo, se la notte tu non..."

"Quelli che abitano nella via parlano, di giorno. Si lamentano. In quel posto, non ci va mica gente perbene."

Ettore inarcò un sopracciglio. "Se lo dicono loro."

"Per quel che ne so, le ragazze sono tutte straniere. Russe, ucraine..."

"...e rumene," disse Ettore. "Forse *lei* era in quel video, con il volto oscurato. *Lui*, comunque, c'era di sicuro."

"L'uomo in grigio," disse Pietro. "Quello stronzo che ti ha menato, giusto?"

"Già, e che, a quanto pare, gira pure armato," intervenne Pietro, ma in un modo stranamente tranquillo. Come se la cosa lo preoccupasse soltanto fino a un certo punto.

"Si vuole espandere," disse Sandro. "Ma come farà a collegare il night club alla pescheria?"

Non sembrava una questione rilevante. "Butterà giù qualche muro..." ipotizzò Ettore.

"No, non serve," disse Pippo. "Il collegamento c'è già."

"Cioè?" chiese Sandro.

"Il palazzo del night club e quello della pescheria hanno un cortile in comune, all'interno. Basta che usino le porte sul retro e possono fare i loro andirivieni, senza nemmeno essere visti dalla strada."

"Capisco," disse Sandro. "Interessante."

Ettore scrutò Pippo. "E com'è che sai del cortile?"

"Ci sono andato, qualche volta, per fare delle cose," spiegò Pippo, esauriente.

Ettore si rimise al tavolo e prese il telefono. "Facciamo una ricerca in rete, su questo night..."

"Non hai il computer?" chiese Gianni. "Sarebbe più comodo."

"Lo sto lasciando sempre in studio," disse Ettore. Pensò che sarebbe stato più esatto dire "dimenticando". E in questo caso non si trattava di un'altra preoccupante falla nella memoria. Era un dimenticare voluto, per quanto ciò sembrasse contraddittorio.

"Usiamo il mio, di computer," disse Pietro, che era arrivato lì con la borsa dell'ufficio. "Ma prima finiamo di mangiare, dai."

E così fecero, in fretta. Il cibo aveva perso d'interesse, e quella sera perfino il vino. Soltanto Pippo si servì una terza porzione abbondante, svuotando la zuppiera. "È un peccato mortale buttare via la roba," disse. Quando furono ai caffè, suonò il citofono. Era Igor. Aveva chiuso presto il ristorante, e loro gli usarono la delicatezza di non chiedere il perché: cambiarono facilmente discorso, mettendolo al corrente di quanto avevano appena scoperto.

"Porca miseria," commentò Igor.

"Appunto," disse Pietro. Bello pensarla allo stesso modo.

Accatastarono i piatti su un lato del tavolo, per fare spazio. Pietro prese il computer e cominciò la ricerca, con gli altri dietro di lui a osservare. Digitò *night club*, *lap dance* e il nome della via.

"Il locale non ha un sito," constatò Pietro. "Però, guardate, è segnalato in parecchie pagine."

"Vediamole," disse Ettore.

Ne aprirono un po', trovando sempre la stessa solfa. Si trattava di siti dedicati alla vita notturna milanese, in cui si usavano termini ammiccanti, lasciando intendere senza mai dire esplicitamente. La polizia postale doveva incutere abbastanza paura. Oppure, a illudersi sul genere umano, c'era un minimo di pudore.

Pietro leggiucchiò ad alta voce, saltando qui e là: "Belle ragazze", "molto disponibili e accoglienti", "per i servizi speciali, gli extra vanno dai cinquanta ai cento euro" e, addirittura, "servono solo carne d'importazione, purtroppo".

"Un appassionato della cucina nostrana," commentò Igor, con un sorriso amaro.

Qualcuno poi si lamentava che la zona per gli "spettacoli privati" fosse troppo piccola, "uno sgabuzzino".

"Abbiamo una risposta," disse Sandro.

"A quale domanda?" disse Ettore.

"Che cosa se ne fa, l'uomo in grigio, della ex pescheria?"

Ettore schioccò le dita. "Gli serve uno scannatoio!"

"Giusto."

In un forum di autoproclamatisi viveur, scorrendo il resoconto di un addio al celibato, arrivarono a qualcos'altro di interessante. La nottata aveva svoltato dalla parte sbagliata quando il giovane futuro sposo, che doveva essere ubriaco quanto una truppa di alpini in libera uscita, si era impossessato della pedana, sfrattando le ballerine, e aveva improvvisato uno spogliarello, avvinghiato a un palo. Gli amici lo avevano trovato divertente, ma soltanto loro.

Era arrivato "il padrone", un tizio che "sembrava un ragioniere", e aveva assestato un paio di sberle al ballerino improvvisato, per levarlo dal palo, e poi un calcio nel culo per farlo scendere dalla pedana. Proprio il suo stile. Gli altri partecipanti all'addio al celibato avevano tentato di protestare, prendendo le difese dell'amico. Dal nulla, si erano materializzati tre tizi grossi come armadi, a spalleggiare il padrone. Era andata a finire che la compagnia bella aveva dovuto darsela a gambe.

"Questo ci porta a riflettere," disse Ettore.

Igor approvò. "La notte, quando è nel suo locale, l'uomo in grigio è ancora più pericoloso. Qualunque cosa ci venga in mente, meglio non andare lì a rompergli le palle."

"L'idea mi era venuta, in effetti," ammise Ettore. "Ma mi è passata."

"Be', noi saremmo in sei, e loro in quattro..." azzardò Pietro.

Ettore, Sandro, Igor e Gianni stettero zitti. Pippo si guardò in giro, perplesso: "Sei? Chi è che manca, stasera?".

21.
Una cotoletta è sempre un rischio

A novembre, i fine settimana avevano giorni corti eppure interminabili. Quello fu peggio degli altri. Un lungo intervallo forzato, proprio quando la partita stava entrando nel vivo. La squadra costretta ad abbandonare il campo e sfaldarsi.

Sandro doveva stare con la famiglia, nella sua straordinaria vita normale.

Per non riempire un ristorante sui Navigli, almeno il sabato a cena e la domenica a pranzo, bisognava appenderci fuori un cadavere impiccato, e forse nemmeno questo sarebbe bastato a tenere lontana la gente. Perciò pure Igor aveva il suo bel daffare, e la domenica sera, dopo tanto inusitato lavoro, il suo bel riposare.

Pietro doveva parlare un po' con la moglie. Si era limitato ad annunciare questo, e nessuno aveva avuto cuore di chiedere ragguagli.

Anche Pippo aveva detto di essere impegnato. C'era da immaginare che la sua clientela andasse ben rifornita, nei giorni di festa. Ettore aveva l'impressione che il suo strambo aiutante avesse anche altri impegni, in aggiunta, più personali e gravosi. Ma rispettava i suoi segreti.

Gianni doveva restare incatenato al tavolo da disegno, per consegnare puntualmente lunedì mattina un lavoro atteso con urgenza il venerdì prima. L'unico vantaggio dei giorni di festa, in certi campi, è che puoi... lavorare in pace.

Così tentò di fare anche Ettore Lisio, recandosi in studio

il sabato mattina. Lungo il tragitto evitò di passare in *quella* strada, per non rischiare di incrociare Pippo e metterlo in imbarazzo durante i suoi traffici. E non soltanto per questo. Alla luce delle recenti scoperte, Ettore provava disagio all'idea di vedere la serranda abbassata della pescheria di fianco alla porta del night club. Erano rimasti comunque intesi che Pippo avrebbe tenuto d'occhio il posto, segnalandogli qualunque eventuale novità. Cosa che non avvenne, tutto andò come di consueto.

Ettore riuscì a scrivere la scena in cui il Ranger appeso si liberava e fuggiva. Il risultato gli parve discreto. Questo significava che, probabilmente, era buono. Avere spostato l'ansia su nuovi obiettivi – più realistici, per così dire – aveva giovato alla sua arte e al suo artigianato.

Pensava e ripensava all'uomo in grigio, padrone di quel locale di merda. Aveva individuato il nemico, ma non aveva idea di come fronteggiarlo. E, peggio ancora, stava capendo quale dura e umiliante esistenza conducesse quella donna. L'insolita attrazione provata all'inizio nei suoi confronti, adesso era per lui fonte di vergogna e sensi di colpa. Di quelli, mai stare senza. Immaginava tanti uomini orribili, frequentatori del night club, che pagavano per approfittarsi di lei. Mentre il suo padrone, ancora più orribile nel suo grigiore, se la rideva e la derideva.

La compassione per quella giovane donna diventava più urgente di quella che sentiva per sé stesso, e misteriosamente scioglieva a poco a poco il torpore in cui lo aveva imprigionato il dolore per la perdita di Beatrice.

Era inquieto, distratto, e volle mettere una bella parentesi in quel fine settimana invitando a cena l'unica persona in grado di conquistare per intero la sua attenzione: Patrizia. Quando lei accettò, ne fu stupito e preoccupato. "Ma come," le disse, "non hai di meglio da fare, il sabato sera?"

Patrizia sorrise in quel suo modo che dava un significato alle cose che ormai avevano perso significato. Un sorriso tutto suo, ma non soltanto suo. Un sorriso che Ettore Lisio aveva imparato ad amare su altre labbra. Un sorriso ereditato.

"Sicuro che ho da fare, papà. Ma *dopo*. Uscire a cena con

te mi fa pure comodo, per tirare fino all'ora del mio appuntamento."

"Benissimo. Continuo a servire a qualcosa."

"Potremmo andare al ristorante del tuo amico," disse Patrizia. "Igor."

"Sarebbe un'opera buona, sei proprio una brava ragazza. Ma per questa settimana io ho già dato." Se Ettore preferiva evitare la Taverna Corsara, non era solo per l'alterna qualità del menu. Soprattutto, sapeva che la vista di Igor lo avrebbe riportato ai pensieri a cui, per una sera, tentava di sfuggire.

"Andiamo a un giapponese?" propose.

"Portami in una trattoria, papà. Una delle tue."

Ettore ci pensò su. "La scelta è vasta. Dimmi, dov'è il tuo appuntamento? Così stiamo già in zona."

Patrizia glielo disse.

"Bella via. E chi ci abita?"

"Papà..."

Ettore alzò le mani. "Solo curiosità."

Trovò un tavolo libero, per due, alle otto e trenta.

Era tutto in regola: le tovaglie a quadretti rossi, le fotografie in bianco e nero di calciatori e le locandine di vecchi spettacoli, il lungo bancone per chi si voleva fermare soltanto a bere un bicchiere e scambiare quattro chiacchiere con il proprietario – un signore amichevole ma rispettoso, come lo erano i migliori abitanti di quella città. Come lo era la città stessa, quando era al suo meglio.

Il tavolo era proprio in mezzo alla sala. Ettore avrebbe preferito una posizione più defilata, ma il sabato sera non si può chiedere la luna.

"Com'è la cotoletta, qui?" chiese Patrizia, leggendo il menu.

"Non troppo bassa. Sanno come farla. Niente orecchie di elefante, che mangi soltanto l'impanatura."

"Affare fatto. Con patate."

"Non ti piace rischiare."

"Al contrario, papà. Sei stato tu a insegnarmi che prendere una cotoletta a Milano è sempre un rischio. Però, se mi dici che qui è buona..."

"È buono anche il risotto. Non lo prendi?"

"No," disse Patrizia. "Non potrebbe mai essere buono come il tuo."

Ettore rise. "Che cosa mi devi chiedere? Sappi che l'hai già ottenuto."

"Non ti devo chiedere nulla." Altro sorrisone. "Anzi, no, una cosa ci sarebbe."

"Forza."

Patrizia richiuse il menu e lo appoggiò sul tavolo, di lato. "Come va, papà? Come stai?"

"Sono due cose, che mi chiedi."

"Sul serio. In questi giorni ti ho visto strano. *Sei* strano."

Ettore si limitò a guardarla.

"Ieri mattina, quando mi sono alzata, eri già uscito. Era da un pezzo che non succedeva. Ti è tornata la voglia di lavorare?"

"Può darsi," disse Ettore, mellifluo.

"Ma dai, che bello! L'avevo sospettato, quando ti ho visto con Gianni! Era a casa nostra anche ieri sera, vero? Tutti quei disegnini, sui tovaglioli di carta rimasti in giro..."

Ettore annuì.

"A proposito, era da un po' anche che non facevi una cena con gli amici, a casa."

"Oh, scusa," disse Ettore, "non ho nemmeno riempito la lavapiatti..."

"L'ho fatto io. Pensavi che fosse passata Mary Poppins?"

Si presentò il cameriere a prendere le ordinazioni.

"Ti va un po' di vino?" chiese Ettore.

"Un bicchiere. Non mi fare ubriacare."

"È *mia figlia*," precisò Ettore, rivolto al cameriere. Patrizia dimostrava un po' più della sua età. Non tanto per l'aspetto fisico, quanto per quel modo di fare. Soprattutto da quando Beatrice non c'era più.

Ettore ordinò cotoletta e patate, come Patrizia, per non

stare a rifletterci troppo. E, anche se non sarebbero sicuramente riusciti a finirla, chiese un'intera bottiglia di rosso: il vino al calice gli metteva tristezza.

Quando il cameriere si fu allontanato, Patrizia tornò alla carica: "Allora, papà, come va? Che cosa ti succede? Che stai combinando?".

"Adesso sono tre domande."

"Se è un lavoro con Gianni, sono contenta. Ti farebbe soltanto bene."

"Ma tu che ne sai?" disse Ettore. "Non eri nemmeno nata..."

"Ne ho sentito parlare tante di quelle volte, da te e dalla mamma. Da lei, di più. Ne parlava in quel modo, quando tu non c'eri."

Ettore inarcò un sopracciglio. "La mamma ti parlava di Doc Diablo?"

"Mi parlava di lui... e di te. Del sogno che avevi. Di quando hai smesso di crederci."

"Credere in un personaggio di fantasia, in un diavolo esorcista?"

"Credere in te stesso, papà. Non fingere di non capire."

"E tu non fingere di capire!" Ettore aveva alzato la voce. Dagli altri tavoli, tutt'attorno, confluirono sguardi di curiosità e disapprovazione. Era una trattoria per gente tranquilla. Anche il cibo era tranquillo.

Ettore elargì un sorriso al pubblico, come per dire che andava tutto bene. "Scusami," disse poi, rivolto alla figlia. "Scusami tanto, di tutto. Perdonami."

"Papà, perché non ti perdoni da solo?"

Ettore scosse la testa. Come se non capisse.

"Io..." cominciò a dire. "Mi dispiace."

"Papà," disse Patrizia. "Ti voglio bene. Te ne vogliono tutti. No, non ridere e non fare quella faccia. Tutti ti vogliono bene e la mamma..."

Ettore cercò di interromperla, ma adesso aveva la gola chiusa.

"La mamma ti amava tantissimo, come tu amavi lei. E tu

non hai nessuna colpa per quello che è successo. Non potevi salvarla."

Salvarla. Quella parola suonò come uno sparo. Ettore si stupì che non si fossero girati tutti, dagli altri tavoli.

Ritrovò il fiato per parlare. "Possiamo cambiare discorso, per favore?"

Questa volta fu Patrizia a chiedergli scusa, e allungò una mano sul tavolo, verso il braccio di Ettore. Come per consolarlo, con quel semplice tocco. Come dovrebbero fare i genitori con i figli, non viceversa.

Arrivò il vino, finalmente. Ettore lo assaggiò. "Buono," disse al cameriere. "Lasci pure qui. Lo verso io."

Fecero un brindisi, senza dirsi a che cosa. Per il resto della cena, chiacchierando di meravigliose sciocchezze. Le parole da una parte, i pensieri da un'altra. Tutta una vita così.

22.
Come fai a immaginare?

Malgrado ognuno fosse in altre faccende affaccendato, durante il fine settimana i compari di Ettore gli avevano almeno mandato messaggi su WhatsApp, per comunicargli quanto avessero a cuore l'avventura che stavano vivendo assieme. Perfino Pippo, domenica sera, gli aveva scritto, un *Come va?* che, sulle prime, lo aveva commosso, e un *Quando mi paghi ancora?* che aveva riportato subito le cose nella giusta prospettiva. Sandro era l'unico rimasto in silenzio. Ed Ettore aveva pensato a qualche impegno familiare, oppure, conoscendolo, che stesse meditando qualcosa.

Fu appunto questa seconda ipotesi a essere confermata il lunedì, quando Ettore ricevette una telefonata, poco prima di mezzogiorno.

"Ciao, sei seduto?"

"Sì, Sandro, sto facendo colazione."

"Ho una grossa novità. Preferisci saperla subito o parto dall'inizio?"

Ettore ci pensò su. "Dall'inizio. Niente spoiler."

"Stamattina mi sono svegliato presto, *io*."

"Attento. Non mi è piaciuto quel corsivo."

"Come?"

"Niente. Vai avanti." Ettore bevve un sorso di caffè e si mise più comodo sulla sedia della cucina.

"Sono tornato al catasto," raccontò Sandro. "E ho fatto una ricerca, su quell'altro stabile."

"Quale altro stabile?"

"La ex pescheria e il night club sono affiancati, ma in due stabili differenti. Benché con un cortile in comune."

"Già, è vero. Lo ha detto Pippo." Ettore cominciava a capire.

"Ho fatto una nuova ricerca, questa volta sullo stabile con il night club."

"Come sapevi il numero civico?"

Ettore sentì sbuffare Sandro. "Ma devi sempre essere così precisino? A parte il fatto che poteva essere soltanto due numeri civici prima o dopo, su quel lato della strada..."

"Giusto."

"...l'avevo visto nel documentario, venerdì sera, quando inquadravano l'esterno."

"Quindi ti era già venuta l'idea di controllare quest'altro stabile," disse Ettore. "Perché non ce ne hai parlato?"

"Per non alimentare false speranze. Ma mi lasci raccontare?"

"Certo, scusa." Ettore si versò dell'altro caffè.

"La situazione di questo secondo stabile era incasinata, ma meno di quella del precedente. E qui arriva il bello. Sono riuscito a risalire al nome del proprietario dei locali al piano terra."

"Ah," disse Ettore.

"Si chiama Marco Rossarelli."

"Ah," disse di nuovo Ettore, ma in calando.

"Che c'è? Sembri deluso."

"No, no... è che non è un nome da cattivo."

"Se vuoi, lo chiamiamo Gonzales o Rodriguez."

"Touché," disse Ettore. "Continua."

"Non era detto che questo tizio fosse quello che cercavamo. Poteva darsi che l'uomo in grigio fosse lì in affitto... e allora ho fatto una prova," disse Sandro. "Falla anche tu, hai il computer?"

"Sì, ieri l'ho portato a casa. È proprio qui davanti."

"Okay. Adesso, chiudi pornhub e cerca quel nome su Facebook."

Ettore fece quello che gli aveva detto Sandro, esattamente.

C'era una mezza dozzina di profili, corrispondenti a "Marco Rossarelli". Ma la foto di uno...

"Cazzo!" esclamò Ettore.

"Beccato, eh?"

Ettore accarezzò la tastiera del computer, tentato. "Ma pensa. Guarda che faccia di merda, con questo sorriso da piacione. Potrei provare a chiedergli l'amicizia, ma forse mi esporrei troppo."

"Lascia stare: l'ho fatto io, ma per ora non l'ha accettata. Comunque, al catasto ho già trovato quello che volevo."

"Oltre al suo nome?"

"Oltre. Ho il suo indirizzo di casa. La sua residenza." E snocciolò tutto.

"Sandro, penso di amarti."

"Speravo più in una botta e via. Ho già una relazione stabile."

Ettore cercò la via sul computer per sicurezza. "Conosco quella strada. È vicina al luogo dell'appuntamento di mercoledì, dove lui me le ha suonate." Si accarezzò la barba. "Questo chiarisce le cose. L'uomo in grigio... Marco Rossarelli... è rimasto a casa, mentre la donna veniva per prima all'appuntamento. Lei ha controllato che fosse tutto a posto, ha visto che ero da solo e non sembravo pericoloso, proprio per niente. Allora ha mandato un messaggio. Rossarelli è arrivato e lei ha chiesto di andare via. Aveva già assistito a un pestaggio, quella mattina... però poi è rimasta lì attorno, nascosta. Ha voluto vedere lo stesso. In qualche modo, l'avevo colpita. Era interessata alla mia sorte. Forse si sentiva un po' responsabile, per via della telefonata del mattino. Se al telefono fosse riuscita a sbrigarsela da sola, con me, senza passarmi a quello stronzo... non sarei finito nei guai. Così ha assistito al mio pestaggio, e quando Rossarelli se n'è andato è venuta a mettermi in guardia e, allo stesso tempo, a chiedermi aiuto..."

"Implicitamente."

"Sì, esatto. Come vi ho detto. Dopodiché, lei se n'è tornata a casa. Doveva essere sicura di non trovarci Rossarelli, ad aspettarla e chiederle dove si fosse attardata. Lui le aveva detto che si sarebbero rivisti 'dopo'. Al night club, immagino. Ha avuto un margine di tempo, per parlarmi."

"Santo cielo, Ettore. Non so se ammirarti o preoccuparmi per te. Ma che bisogno hai di ricostruire tutto quanto, al millimetro?"

"I chilometri sono fatti di millimetri," proclamò il saggio Ettore Lisio, seduto in cucina, in mutande e maglietta. "E comunque, il fatto che lei viva insieme a Rossarelli non è un dettaglio."

"È una tua ipotesi."

Ettore ignorò l'appunto di Sandro. "Hai altre informazioni?" gli chiese.

"La casa una volta era la sede di un'officina. L'hanno riadattata a scopo abitativo."

"Un loft."

"Qualcosa del genere." Sandro spiegò che si trovava fra un piccolo parco e un palazzo di uffici pubblici. Tutte cose che aveva appurato al catasto.

"E adesso dove sei?" chiese Ettore.

"Nel mio ufficio, a svolgere il mio lavoro. Non vorrei essere licenziato, oltretutto da me stesso. Sarebbe abbastanza surreale, oltre che spiacevole."

Si salutarono, dandosi un appuntamento. Ettore rimase a soppesare il telefono, poi chiamò Pippo.

"Buongiorno. Come vanno gli affari?"

"Bah. Il lunedì mattina non sono un granché."

"Mi pare comprensibile. Allora avrai tempo per un nuovo incarico."

"Quanto mi paghi?"

Ettore si passò una mano fra i capelli arruffati. "Sei arido, Pippo. È giusto che qualcuno te lo dica."

"Ho parecchie spese."

"Immagino."

"Come fai a immaginare?"

"Me lo chiedono sempre tutti," disse Ettore. "Me lo chiedo anch'io, negli ultimi tempi."

"Non ho mica capito."
"Non importa. Comunque ti ho già pagato, giovedì."
"Questo è un incarico nuovo."
"E quello era un anticipo."
Pippo non ribatté. Ettore gli spiegò qual era l'incarico, lo fece alzandosi in piedi e mettendosi a camminare per la casa. Perché le idee si trovano anche così, seguendole.

23.
Un taglio con il passato

"Gira che ti rigira, ci ritroviamo sempre attorno a un tavolo, per fare i nostri piani," disse Pietro.

"Se preferisci, li facciamo cavalcando verso Tucson," disse Ettore. "Ma non vedo ronzini, qui fuori."

"Tu hai scritto troppe storie del Ranger," disse Sandro.

"Dimmi qualcosa che non so."

Durante lo scambio di battute era arrivato anche Igor, che il lunedì teneva chiuso il ristorante. C'erano tutti, quindi: Ettore, Pietro, Sandro, Pippo, Gianni, alla sua prima volta al Fat, e appunto Igor. Il consiglio di guerra era tornato a riunirsi, all'ora dell'aperitivo.

Ettore versò da bere e diede la parola a Sandro, che fece un rapido resoconto delle scoperte mattutine. Seguì un brindisi al valoroso commercialista.

"Anche il nostro Pippo si è reso utile," annunciò poi Ettore. "Gli ho chiesto di fare un sopralluogo, fuori dalla casa di Marco Rossarelli, e di scattare delle fotografie."

"Con il cellulare! Ho finto di telefonare, mettendomi di lato." Pippo, agente del Kgb.

Ettore prese il computer che aveva portato con sé, sul quale aveva già scaricato le foto ricevute via WhatsApp. Le inquadrature erano tutte sghembe, ma si vedeva e capiva abbastanza.

Quella che era stata un'officina sembrava ancora tale. Un edificio di cemento, con un portone di metallo dentro il quale era ritagliata una porta più piccola, dotata di una finestrella. Sopra il tetto spiovente, finestroni a lucernario. Nessun segno di vita, fuori. Aveva un aspetto freddo e desolato, invitante quanto qualcosa di abbandonato da settimane sul fondo del frigorifero. A Marco Rossarelli doveva andare bene così. Una Mercedes nera parcheggiata davanti contribuiva a dare all'insieme un tocco sinistro e funebre.

"Non ha paura che gliela rubino, in un quartiere del genere?" chiese Sandro.

"Avrà un bell'antifurto, con una sirena da antiaerea," disse Pietro.

"Probabile," disse Ettore. "Ma io credo che nessuno oserebbe toccargli la macchina. Quella sirena non deve averla mai neppure sentita."

"Adesso ho capito," intervenne Gianni, dopo avere passato in rassegna le foto.

"Che cosa?" chiese Ettore.

"Ho capito che c'è di strano. Una cosa che manca. Neanche un graffito, una scritta sul muro. Eppure in quella zona ce n'è ovunque. E quello è un bel muro, che farebbe venire voglia perfino a me."

"Qualcuno deve averci provato," disse Ettore, "e il padrone di casa gli ha dato qualche valida ragione per non riprovarci e girare al largo."

"Forse è quello che è successo a Zago," intervenne Pippo, attirando su di sé gli occhi di tutti. "È finito all'ospedale, sarà stato un paio di anni fa. Aveva tutte le dita rotte, di tutt'e due le mani. Ha detto che era caduto, ma sembrava una balla."

"Immagino che questo Zago sia un *writer*," disse Gianni.

"Più che altro lo era. Dopo ha smesso."

"Per le dita rotte?" disse Ettore.

"Non solo," disse Pippo.

"Per che cos'altro?"

Pippo arrossì, abbassò gli occhi e li rialzò, poi raccontò di una voce che girava, riguardo a un'altra cosa che avevano fatto a Zago.

Seguì uno scambio di sguardi imbarazzati. Ettore provò a immaginare e, purtroppo, ci riuscì. "Povero ragazzo," disse.

"Non è sicuro che sia successo davvero," precisò Pippo. "Di certo, comunque, l'ambulanza è andata a prenderlo proprio in quello spiazzo. Lo stesso del tuo appuntamento di mercoledì scorso. Una mattina presto..."

"Rossarelli stava tornando a casa dal locale e ha beccato il ragazzo che gli stava sporcando il muro."

"E gli ha fatto quelle cose," disse Sandro, "*tutte* quelle cose da solo? E nessuno ha sentito nulla?"

Ettore osservò la foto sul monitor. "Il posto è isolato. Gli uffici pubblici, di fianco, a quell'ora saranno stati chiusi. E magari lo ha portato dentro casa, prima di cominciare. L'avrà minacciato con la pistola."

"E davanti alla casa, che cosa c'è?" chiese Sandro. "Dall'altro lato della strada. Non hai fatto foto, Pippo?"

"No. Da quella parte no, accidenti, non mi è venuto in mente. Però c'è il retro di un palazzone, con degli alberi anche lì."

"E non ci sono finestre, su quel retro? Qualcuno avrà visto o sentito qualcosa."

"Può darsi." Pippo si strinse nelle spalle. "Ma da quelle parti la gente non si immischia negli affari altrui."

"Dopo avere fatto quel che ha fatto, Marco Rossarelli ha trascinato Zago nello spiazzo, perché non lo ritrovassero proprio davanti a casa sua," disse Ettore. "Magari lo aveva pure imbavagliato, in modo che nessuno lo sentisse urlare."

"In ogni caso, quell'uomo è pericoloso," disse Igor. "Non prendetemi per vigliacco... o anche sì, va bene. Però sarebbe meglio lasciarlo in pace. L'altra volta ti è andata quasi bene, Ettore. Ti ha soltanto pestato. Ma se ti fai beccare ancora..."

Ettore alzò il pollice. "Primo, non ho alcuna intenzione di farmi beccare." Alzò l'indice: "Secondo, non sarò da solo". Si guardò attorno e nessuno obiettò. Alzò il medio: "Terzo, più importante: a me non interessa Marco Rossarelli".

"Ma come?" esclamò Sandro. "Con tutta la fatica per trovarlo, adesso non ti interessa più?"

"Calma, lasciatemi spiegare. Mi interessa quella donna, è lei che voglio salvare, da lui. E, se le cose stanno come credo, scoprendo dove abita lui abbiamo scoperto anche dove abita lei."

"D'accordo," disse Pietro. "E come intendi salvarla?"

Ettore alzò le spalle. "Ah, non lo so. Bisogna vedere."

"Un piano ben congegnato."

"Non essere sarcastico, Pietro. Quando dico 'vedere' intendo proprio *vedere*. Grazie alle fotografie di Pippo, ci siamo fatti un'idea del territorio. Ma non basta. Ora bisogna sorvegliarlo, con i nostri occhi, in attesa dell'occasione giusta. Quello che voglio è entrare di nuovo in contatto con quella donna, per parlarle un po', e per ascoltarla. Salvarla significa aiutarla a uscire dalla situazione in cui si trova. Prima, però, dobbiamo capire qual è questa situazione, di preciso. Chiaro che è vittima di Marco Rossarelli, ma che cosa le impedisce di andarsene via?"

"Forse ha troppa paura di lui," disse Igor. "E forse la ricatta."

"Comunque le dà un lavoro, al night club. E lei ne ha bisogno per vivere," disse Sandro. "Dipende da lui economicamente e pensa di non poter trovare di meglio. Lui la tiene lontana dalla strada, se non altro."

Ettore ci pensò su. "Mmm... possibile. In tal caso, lei vede in Marco Rossarelli una sorta di salvatore. C'è una dipendenza di tipo psicologico. In cui ha un ruolo anche la paura."

Pippo annuì, con aria grave. "Sindone di Stoccolma. Ne ho sentito parlare."

Nessuno ebbe cuore di correggerlo. Ettore sorrise. Come non volere bene a Pippo?

"Domani chi ha un po' di tempo?"

"Gratis?" chiese Pippo. Ah, ecco come non volergli bene.

"Dopo regoliamo i conti," disse Ettore, rassicurante.

"Allora non mi preoccupo."

"Bravo."

"Io ho consegnato oggi," disse Gianni. "Domani posso esserci."

"Se il locale non è troppo pieno," disse Igor, "posso esserci anch'io."

"Grazie. Allora conto su di voi," disse Ettore.

Igor sospirò.

Sandro spiegò che aveva già perso tutto il lunedì mattina e l'indomani doveva recuperare. Pietro aveva casini in ufficio. "*Anche* in ufficio," specificò, immusonito.

"Avrai modo di rifarti," gli disse Ettore. "Domani probabilmente staremo soltanto a guardare. Un puro sopralluogo." Tornò a scorrere le fotografie sbilenche. "Gli alberi del parchetto sembrano un buon nascondiglio, per tenere d'occhio la casa senza essere visti."

"Ci vedranno le mamme che ci portano i bambini a giocare," obiettò Igor. "Dubito che gradiranno la presenza di uomini appostati fra gli alberi, a spiare."

"Io di mamme e di bambini mica ne ho visti, mentre ero lì," disse Pippo. "Ed era pomeriggio."

"Marco Rossarelli avrà spaventato anche loro?" disse Ettore.

"Ma no," rispose Pippo. "È che quel parchetto è un posto di merda. C'è quell'altro, più grande e più bello, vicino alla piscina comunale."

Ettore sorrise a Pippo, con studiata malizia. "E i tuoi clienti?"

"Se ci andassero, lo saprei e ci andrei anch'io. I posti dove vanno li conosco. Comunque, oggi non ci ho visto proprio nessuno."

"E non c'è viavai, per gli uffici comunali?" chiese Pietro.

"L'ingresso è dall'altra parte," spiegò Pippo.

"Insomma," disse Ettore, dopo avere bevuto un sorso di vino, "a Marco Rossarelli piace la tranquillità. Soprattutto di giorno, ovviamente."

Sandro sorrise. "Quando dorme."

"Esatto, con il lavoro che fa può dormire soltanto con il sole. A patto che altri impegni non richiedano la sua presenza. Per esempio, andare ad angariare due poveri ex pescivendoli..."

"...o l'autore di Doc Diablo," disse Sandro.

Ettore gli lanciò un'occhiataccia. "Stai cercando di giustificarlo?!"

Gianni scoppiò a ridere. E una risatina se la concessero anche Pietro e Igor.

"Non ho mica capito," protestò Pippo, imbronciato.

Ettore riprese a pianificare. "L'idea è andare lì, domani, nascondersi vicino alla casa di Marco Rossarelli, dove presumibilmente abita anche la donna, e studiare chi entra e chi esce, e in quali orari, in attesa di un'occasione per entrare in contatto con *lei*, da sola."

"E se invece, per sfiga, entriamo in contatto con *lui*?" chiese Gianni. "Quello che rischia sei tu, Ettore, se ti riconosce."

"Già," disse Ettore. "Se mi riconosce." E si accarezzò la barba.

Certe decisioni, soprattutto se difficili, vanno messe in atto senza lasciare spazio a esitazioni. Quella stessa sera, tornato a casa, Ettore Lisio andò dritto in bagno.

"Aiuto!" urlò Patrizia, sulla soglia di casa. "Papà, aiuto!"

"Papà sono io, piccola," le disse Ettore, avanzando dal fondo del corridoio verso di lei.

"Tu?" Patrizia si richiuse in fretta la porta alle spalle, come se non volesse fare vedere al resto del mondo quell'atroce spettacolo.

"Io," disse Ettore. "Tuo padre."

"Che cosa hai fatto?" Sembrava sul punto di piangere.

"Non sto bene?" chiese Ettore, fermandosi davanti a lei.

"No... sì... non lo so," disse Patrizia. "Hai sempre avuto la barba."

"Ti sbagli. Da bambino, non l'avevo."

"Non sei divertente."

"Ma anche da adulto, prima che tu nascessi. Ai tempi in cui ho conosciuto la mamma."

Patrizia avanzò cauta nel corridoio. "È vero, lo so. Ho visto qualche foto..."

"Me la sono fatta crescere subito dopo Doc Diablo. Era un modo per provare a cambiare. Credevo che la barba mi avrebbe fatto sembrare un po' più vecchio. Lo speravo. Desideravo soltanto lasciarmi alle spalle..." Ettore fece un gesto nell'aria, per significare qualcosa che non sapeva dire.

"Per quello, non basta una barba," disse Patrizia.

Ettore non rispose, perché non era una domanda.

"E adesso vuoi cambiare ancora," disse Patrizia. E nemmeno quella era una domanda.

Allora Ettore avrebbe potuto spiegarle che in realtà quel cambiamento aveva una ragione pratica, strategica e razionale, che serviva per uno scopo preciso, e dopo magari si sarebbe lasciato ricrescere la barba. Ma avrebbe dovuto anche spiegarle che cosa stava combinando in quei giorni, insieme ai suoi amici. E poi...

E poi quando, poco prima, si era guardato allo specchio, con quella faccia che era – in sensi diversi – nuova, giovane e vecchia, aveva riconosciuto sé stesso. Lo aveva ritrovato, dentro lo specchio. E quella rasatura, Ettore l'aveva capito, era solo un simbolo di qualcosa che già stava avvenendo, in quei giorni strani. Anche questo avrebbe potuto spiegare a sua figlia. Ma non lo fece. Non le spiegò nulla.

"Me lo dai lo stesso, un bacio?" le chiese.

E Patrizia gli rispose con un bacio. "Non pungi più," gli disse.

"Non con la barba," disse Ettore.

È giusto che lo sappiate: la farina fu tutta del suo sacco, per quanto capiente. Qualche ora prima, preparandosi per il summit al Fat, Ettore si era rivolto al solito consulente, nel solito modo.

"Pronto... Roberto, sono io... puoi parlare o..."

"Be'..."

"Grazie, grazie! Ho bisogno di tutto il tuo talento, per una scena."
"Un'altra fuga? Un agguato?"
"No, no. Si tratta di una sorveglianza."
"Ah," aveva detto Roberto. Attraverso il telefono, si era sentita una nota di interesse. "Una sorveglianza. A che cosa?"
"Un cattivo. La casa di un cattivo."
"Il covo, sì."
"No, la casa. È una casa."
"Okay. Un ranch, certo. Il classico ranch."
"No, Roberto. Una casa."
Un attimo di pausa. "La casa di un cattivo?"
"Perché? Adesso un cattivo non può avere una casa?"
"Come no. Magari con scritto *Cattivo* sopra la cassetta delle lettere."
"Non so se ce l'ha... non l'ho vista," aveva detto Ettore, sovrappensiero. Gli dispiaceva avere ignorato un dettaglio.
"Vista?"
"Immaginata. Volevo dire immaginata. Vista con la mente."
"Mmm. E dove sarebbe questa casa?"
"In città, in una strada..."
"Aspetta! Ho un'idea!"
Ettore aveva sorriso e si era messo più comodo, sul divano. "Avanti, sentiamo."
"È una caverna, di una miniera abbandonata. È un po' che non se ne vedono. Sarebbe una figata."
"Roberto, non..."
"E lasciami parlare, cazzo. Una miniera è il massimo. Ci puoi mettere anche un bell'orso, che ci ha fatto la tana. Così riempi almeno quattro pagine, di combattimento con l'orso."
"No, niente orso."
"Hai ragione, scusami. Cazzata. Se ci vive l'orso, non può viverci anche il cattivo con la sua banda. È ovvio."
Ettore aveva guardato un punto sul soffitto, prendendo un fiato. "Niente orso e niente caverna. Non va bene una miniera abbandonata. E nessuna banda."
"Stavo soltanto cercando di aiutarti."

"Lo so, scusami." Ettore si era reso conto di avere lasciato trapelare il proprio nervosismo. "Sei un amico. Ma purtroppo non posso fare una miniera. Sarebbe lungo da spiegare, ma ci vuole una casa."

"Un cattivo. Con una casa. In città."

"Esatto."

"Mah," aveva risposto Roberto, per poi riprendere a parlare, più lentamente. "Suona un po' strano, in effetti, però potrebbe funzionare. In che punto della città? La Main Street?"

"No. Una strada un po' defilata, isolata. La casa sarebbe una specie di..." Ettore aveva cercato un'analogia. "Una specie di capannone, come la bottega di un fabbro."

"Già meglio," aveva commentato Roberto. "E in quanti farebbero questa sorveglianza?"

Ettore aveva tirato a indovinare, presumendo un paio di defezioni. "In quattro."

"Ho capito. Il Ranger, il Vecchio Trapper, Kid Dinamite e Orso Saggio."

"Precisamente, bravissimo. Loro quattro."

Roberto non aveva dato segno di avere colto la risatina sfuggita a Ettore. "Molto bene. Per prima cosa, dividili. Due da una parte e due dall'altra. Così il disegnatore non deve riempire di personaggi le vignette."

"Questo potrebbe non essere un problema," aveva detto Ettore, pensieroso. "Ma continua, Roberto."

E Roberto aveva continuato. Anche se alla fine, è giusto che sappiate pure questo, gran parte del piano era scaturito dalla mente di Ettore, nel bene e nel male.

24.
Quando una barzelletta proprio non fa ridere

Mancava poco a mezzogiorno. La serranda del Fat era sollevata, la porta aperta e, a giudicare da quello che si sentiva, dentro stavano sgozzando qualcuno. Maiali, forse, o esseri umani.

Ettore si affacciò e trovò Ciccio intento a lavare il pavimento. Salutò, alzando la voce per sovrastare l'ondata di death metal. "Chi sono?" chiese, "gli Slayer?"

"Ma no, ma no," disse Ciccio. "Sono i Carcass. Un disco vecchio." Alzò lo sguardo e fissò Ettore, perplesso. Se prima aveva riconosciuto la voce, ora i conti non tornavano più.

"Sono io," disse Ettore.

"Sì, adesso ti ho riconosciuto. Sembri un pirla," disse Ciccio. "Non che le due cose si contraddicano.... Ma come ti sei conciato?"

Ettore osservò la propria immagine riflessa nello specchio dietro al bancone. Oltre al mento sbarbato, si era cambiato i connotati con un paio di occhiali scuri e, colpo di grazia, tirandosi indietro i capelli con il sapone, come ai vecchi tempi. Aveva anche recuperato un cappottone nero e gli anfibi, a cui aveva perso l'abitudine. Troppo stretti e troppo pesanti. Come facesse a indossarli anche in estate, ora gli sembrava uno dei vari misteri irrisolti dell'età giovanile.

"Sembri uno stupido dark," disse Ciccio.

"Potrei offendermi," disse Ettore, "anche perché lo sono

stato. E poi fra il dark e il death metal non è che corra il mare."

"Be', a chi vuoi fare una bella sorpresa?" chiese Ciccio.

"L'idea sarebbe non farmi notare."

"Adoro i piani ben riusciti. Comunque, a quest'ora il bar è chiuso, per tutti."

"Lo so bene. Io e gli altri ci siamo soltanto dati appuntamento qui davanti. Un posto valeva l'altro."

"Ciao," gli disse Gianni, raggiungendoli.

Ettore si stupì. "Soltanto *ciao*?"

"E che cos'altro dovrei dirti?"

Ettore fece un gesto, indicandosi il volto. "Non hai notato...?"

Gianni si diede una manata sulla fronte. "Ah, sì, è vero! È che per me... è normale che tu sia così. Faticavo a riconoscerti prima... cioè, dopo... insomma, ci siamo capiti."

Ettore scrutò Gianni. "Tu non sei mai cambiato. Quel piercing è lo stesso di quando ci siamo conosciuti?"

"Ho ancora anche le stesse mutande."

"Se non le lavi troppo, si conservano," disse Ettore. Risero.

Arrivò anche Igor. "Ti preferivo travestito da marinaio," disse.

"Mi trovo più a mio agio così," disse Ettore, "scarpe a parte. Ma l'importante è che sono diverso da come mi aveva visto Marco Rossarelli."

"In ogni caso, meglio se non ti rivede."

Quando anche Pippo fu arrivato, si divisero in due gruppi: Gianni e Igor si incamminarono per primi, Ettore e Pippo cinque minuti dopo.

Quasi allo spiazzo dove era stato malmenato, Ettore sentì il suono di un messaggio: *Venite pure. Qui non c'è nessuno.* Era di Gianni. Nel piano elaborato con Roberto avrebbe dovuto essere l'imitazione del verso di un uccello.

Fece segno a Pippo di muoversi, e fu così che arrivarono in vista dell'ex officina, attuale casa di Marco Rossarelli e, se

Ettore aveva ragione, anche di una donna dall'accento rumeno da salvare. Poco più in là, il parchetto con alberi spogli e un cassonetto straripante. In versione raddrizzata, tutto corrispondeva alle fotografie fatte da Pippo. C'era anche la Mercedes nera parcheggiata, nello stesso posto. E, in aggiunta, un silenzio inquietante. Come se all'improvviso la città trattenesse il respiro. Ettore gettò anche un'occhiata alla cassetta delle lettere.

"Siamo qui!" La voce di Gianni era stata poco più di un bisbiglio, eppure Ettore si ritrovò il cuore incastrato fra le tonsille.

Si voltò, rendendosi conto che non avrebbe dovuto sentirsi sorpreso. Gianni e Igor erano dove dovevano stare, in base al piano: fra gli alberi, dall'altra parte della strada, che era parecchio larga, con le due corsie separate da uno spartitraffico. Inoltre, ligi alle indicazioni ricevute, non stavano proprio davanti alla casa di Rossarelli, ma un po' spostati di lato. In modo da poterla spiare di sbieco, senza eccessivo rischio di essere avvistati da qualcuno che guardasse dritto fuori. Avrebbero anche avuto il sole alle spalle, non fosse stato per il retro del palazzo di case popolari, assente nelle foto di Pippo. Ettore notò le file di tapparelle abbassate, come palpebre di occhi che non volevano vedere.

Insieme a Pippo, fece tappa da Gianni e Igor. Avrebbe potuto usare il telefono, ma guardandosi negli occhi ci si intende meglio.

"State ancora più indietro, al riparo nell'ombra degli alberi," disse loro, resistendo all'impulso di aggiungere "e delle rocce". Gli sembrò di vedere il Ranger e il bandito messicano che si davano di gomito, godendosela.

"Non è che di ombra ce ne sia poi così tanta," commentò Igor.

Ettore abbassò gli occhiali neri. Era un'altra delle tante giornate di sole, considerate insolite per Milano soltanto da chi la conosce per sentito dire. Le chiome rinsecchite degli alberi erano un ben misero ostacolo alla luce del mezzogiorno.

"State rivolti l'uno verso l'altro, in pose disinvolte," consigliò. “Controllate la casa, ma sbirciandola di traverso, con la coda dell’occhio.”

Gianni e Igor fecero una prova. “Così?” chiese Gianni.

“Passatevi anche qualcosa di mano in mano.” Era stato Pippo a parlare, placido. “Sembrerete più normali. Qui si passano sempre tutti qualcosa, senza farsi vedere troppo.”

“Pippo, tu sei un genio,” disse Ettore. E lo pensò davvero.

Igor tirò fuori di tasca uno scontrino accartocciato. “Va bene questo?”

“Va bene una cosa qualunque, da lontano,” rispose l’esperto Pippo.

Igor passò lo scontrino a Gianni, che lo prese e lo passò a Igor, che lo passò nuovamente a Gianni, che lo restituì...

“Anche meno veloci,” suggerì Pippo.

“Giusto, hai ragione,” disse Igor, bloccandosi con lo scontrino in mano.

“Molto bene,” disse Ettore. “Noi andiamo.” Fece segno a Pippo di seguirlo. “Da adesso, cellulari silenziati. Manteniamo solo il contatto visivo.”

Con un largo giro, passarono dall’altra parte della strada e raggiunsero il parchetto. L’ambiente dava alla parola squallore un nuovo significato. Gli alberi lì erano scheletri di legno marcio, con sparute foglie ancora impiccate ai rami, in attesa di raggiungere le tante sorelle defunte e decomposte che coprivano un crostone di terra nera, insieme a pattume assortito. Ettore si trovò a osservare un preservativo, chiedendosi quale sorta di necrofilo avesse potuto eccitarsi in quel posto. Rialzò e spostò lo sguardo verso il muro in fondo al parchetto, soffocato da infidi rampicanti che però non avevano osato svoltare l’angolo con un altro muro, quello dell’edificio di cemento, di un grigio immacolato quanto gli abiti del suo proprietario. A mantenere alto il livello di sporcizia provvedeva il cassonetto abbandonato e straripante, come la bocca di un mostro verde intenta a rigurgitare effluvi alieni. Così, con queste parole, Ettore Lisio descrisse a sé stesso il luogo. Trascurando gli odori, perché quelli in una sceneggiatura non si mettono. La puzza non si può disegnare.

Ettore e Pippo arretrarono fra gli alberi e si volsero verso la strada. Ettore annuì, fra sé e sé, soddisfatto. Bisognava sforzare la vista e sapere esattamente dove guardare, per individuare Igor e Gianni. Li vide passarsi di mano qualcosa, lo scontrino. Sembravano impegnati fra loro. Ma quando Ettore agitò un braccio risposero prontamente al saluto.

"Bravissimi," bisbigliò.

"Sì, vanno bene," ribatté Pippo, anche lui a bassa voce. "E adesso?"

"Adesso aspettiamo. Se loro vedono uscire qualcuno dalla casa, ci fanno segno e ci sporgiamo a guardare anche noi. Se è lui, a uscire, restiamo qui."

"E se è lei?"

"La seguiamo."

"E se sono insieme e se ne vanno via?"

Ettore sospirò. "Non lo so."

"Ci sono anche altre possibilità," disse Pippo. "Potrebbero arrivare insieme. Oppure rimanere dove sono, dovunque siano. Magari non viene nessuno, e noi restiamo qui per niente."

"Non per sempre. Se non succede niente, ce ne andiamo."

"E quando possiamo dire che non è successo niente?"

Ettore sospirò di nuovo. "Che ore sono adesso?"

"Nemmeno l'una."

"Fra due ore," buttò lì Ettore. "No, facciamo tre."

"E quando mangiamo?"

A questo Ettore non aveva pensato. Era il tipo di domanda che il Ranger non si sentiva mai porre, quando lui e il Vecchio Trapper erano appostati vicino al covo di una banda di messicani.

"Mangeremo dopo," disse. "Stai tranquillo, non moriremo di fame."

Pippo sembrò quietarsi. Ma poi disse: "E se mi scappa la pipì?". Disse proprio così, da non crederci.

Questo era decisamente troppo. "Pippo, porco cane! Se ti scappa, te la tieni... o vai a farla contro un albero."

Pippo ridacchiò.

"Che c'è adesso?"

"Pensavo a quello che hai detto: Pippo... porco cane."
"E quindi?"
"Pippo è un cane. Ma non è un porco. Eh, eh."
"Sì, molto divertente," disse Ettore, glaciale.
"Ehi, c'era una barzelletta, su Pippo. La vuoi sentire?"
"No, se è quella che penso."
"Allora," disse Pippo, "Paperino si fa Paperina, Topolino si fa Topolina..."
"È quella che pensavo."
"...e Pippo si fa una pippa!"
Ettore scosse la testa tristemente.
"Non fa ridere?" disse Pippo, dopo avere riso.
Ettore si girò verso di lui e si levò gli occhiali, per guardarlo meglio. "No, non fa ridere. Ed è una cazzata. E ora ti spiego anche il perché."
Pippo restò a fissarlo.
"La fidanzata di Paperino si chiama Paperina," disse Ettore, "e fin qui ci siamo. Ma quella di Topolino si chiama Minni. Topolina non esiste."
Pippo si grattò la nuca. "È vero, non ci avevo pensato."
"Inoltre, se vogliamo dirla tutta, il finale della barzelletta è incoerente pure sul piano linguistico, con l'aggiunta di quell'articolo indeterminativo... *una* pippa... assente, invece, davanti a Paperina e Topolina! Hai capito, adesso?"
Pippo allargò le braccia. "Vabbè, ma è solo una barzelletta. Basta che sia divertente."
"Eh, no, mio caro. Questi non sono ragionamenti da fare. Non basta che una cosa sia divertente... e poi una cosa *non* è divertente, se *non* sta in piedi. È come dire 'è solo un fumetto'!"
Pippo sembrava sinceramente stupito. "Perché? Non si può dire?"
"No! No! No! Non si può dire!" rispose Ettore. "Tu non sai che fatica è, fare un fumetto! Bisogna farsi un culo così, stare attenti ai dettagli! Bisogna far succedere qualcosa. Non basta avere del fottuto stile. Ci vogliono idee, impegno e pass... Ehi, stammi a sentire!"

Pippo si era girato verso l'altra parte della strada, allarmato. Anche Ettore si voltò e vide Igor e Gianni, fra gli alberi, che si sbracciavano. Troppo preso dalla discussione con Pippo, si era dimenticato di loro. Si era dimenticato di tutto. Anche di tenere bassa la voce.

Spostò lo sguardo verso l'angolo della casa e disse: "Cazzo".

E la donna disse: "Chi siete? Che cosa...". Lo disse con quell'accento, che ormai Ettore sapeva rumeno.

Era in jeans e felpa, e portava gli stessi stivali mollicci della prima volta. Ma soprattutto, notò Ettore con orrore, aveva già in mano il cellulare. Marco Rossarelli, l'uomo in grigio, stava usando la solita strategia. L'aveva mandata a controllare di chi fossero quelle voci, fuori di casa.

Ora lei era lì a fissare Ettore e Pippo. Sembrava indecisa, esitante.

Ettore si ficcò gli occhiali neri in tasca, come se potessero spaventarla. Avanzò verso di lei, urlando a bassa voce: "Scrivigli che va tutto bene!".

Lei sgranò gli occhi e indietreggiò. Quell'ordine doveva averla ancora più allarmata. Ettore vide lo sguardo di lei spostarsi sulla sua mano, che gli era rimasta nella tasca del cappotto, dopo averci messo gli occhiali, dando quasi l'impressione che dovesse estrarre qualcos'altro. La tirò fuori, agitando il palmo. "Calmati!" disse, come se dirlo fosse mai bastato a far stare qualcuno calmo. "Va tutto bene! Sono io... non mi riconosci?"

"Eh, no. Bravo pirla," pensò Ettore. Ovvio che non lo riconosceva, conciato com'era adesso. Percepì un movimento fuori campo. Si voltò e vide che Igor e Gianni avevano abbandonato la posizione di vedetta e stavano attraversando la strada. Nel dubbio, dovevano aver deciso di intervenire. Fece segno di no, con la testa. Ma ormai li avevano quasi raggiunti.

Sentì uno scalpiccio che si allontanava. Doveva essere Pippo, a cui l'istinto aveva invece suggerito di filarsela. Non lo degnò di uno sguardo. Tornò a fissare la donna, rimasta dov'era, come in un fermo immagine, con quel maledetto telefono in mano. Quanto tempo era già passato? E quanto poteva passarne, ancora? Ettore stava per supplicarla. Stava per chiederle di nuovo di scrivere che andava tutto bene, e poi spiegarle chi era lui e perché era lì. Ma si rese conto che sarebbe stata un'altra cazzata, in una fila di cazzate. "Torna dentro," le disse. "Sarà per un'altra volta. Adesso torna dentro, per favore, prima che lui si allarmi non vedendo arrivare nessun messaggio. Quando entri, digli che non era niente. Digli che..."

"*Digli un cazzo!*" Quella voce dura. Dura e roca. E poi lui, l'uomo in grigio, che in quel momento lo era meno. Marco Rossarelli doveva essersi vestito in fretta e furia per uscire di casa. Era senza giacca, con la camicia bianca fuori dai pantaloni (grigi, almeno quelli), e con il rosa delle caviglie che spuntava dal bordo dei mocassini. Gli occhiali erano un po' storti, sul naso, e avrebbero potuto renderlo vagamente buffo, in un altro contesto. Magari se non avesse avuto quella pistola in mano. Una semiautomatica, rilevò Ettore, ma non riuscì a identificarne l'esatto modello. Si intendeva più di pistole a tamburo.

"Levati dai coglioni!" intimò Rossarelli alla donna, che si fece da parte. Ettore spostò lentamente gli occhi alla sua destra e incontrò gli sguardi di Igor e Gianni, ormai arrivati lì accanto, che gli chiedevano in silenzio che cosa fare.

Un silenzio rotto ancora da quella voce, dura e roca: "Fermi, voi! Niente scherzi e mani in vista!". Come durante il loro primo incontro, Ettore si ritrovò a pensare che quel tizio doveva avere letto troppi fumetti. Tutto sommato, forse era vero che erano diseducativi.

"Metta giù quella pistola, per favore," disse Ettore, perché qualcuno doveva pur dire qualcosa. "Non stavamo facendo nulla di male, io e i miei amici. Stavamo soltanto parlando. Ma adesso ce ne andiamo."

Mentre Ettore faceva quel discorsetto, Marco Rossarelli per un attimo era parso quietarsi e aveva accennato ad abbassare l'arma, per poi rialzarla di colpo e puntarla dritta su Ettore.

“E tu chi sei?”

“Io...” cominciò Ettore. Ma si bloccò subito, capendo il proprio errore. Maledetta logorrea.

“Questa voce,” disse Rossarelli, avvicinandosi. “Io l’ho già sentita.”

Ettore non disse niente.

Rossarelli lo fissò. “E questa faccia di cazzo...” Sorrise. “Hai fatto bene a tagliarti la barba.”

Ettore sentì una voragine aprirsi sotto ai suoi piedi.

“La barba dà al volto un aspetto disordinato, trasandato. Così va meglio,” continuò Rossarelli. “Anche i capelli sono più a posto. Hai usato il gel.”

Ettore si trattenne dal puntualizzare che era sapone.

“Fermi, voi due! Vi vedo,” disse Rossarelli, spostando per un istante sguardo e pistola nella direzione di Igor e Gianni, prima di tornare a dedicarsi a Ettore. “Tu sei quello della telefonata... quello che voleva affittare.”

“Sì, ma...”

“Quello che voleva andare alla polizia.”

“Non ci sono andato!”

“Ettore Lisio, ho anche il tuo documento. Lo scrittore di fumetti,” disse con un sorriso di scherno. “Scrivi quella cagata di ‘Doc Diablo’.”

Ettore sentì Gianni gemere debolmente, al suo fianco. “Lo scrivevo,” disse. “Ho smesso.”

“Che cagata,” ribadì Rossarelli, scuotendo la testa. “E l’hai inventato tu?” chiese poi, con la pistola ancora puntata.

“No,” disse Ettore Lisio. “L’idea non è stata mia. L’ho rubata.”

Sentì Igor esclamare: “Che cosa?”. Gianni invece rimase in silenzio.

“Sembra una storia interessante,” disse Rossarelli. “Andiamo dentro, così me la racconti.”

“E noi?”

Stavolta era stato Igor a parlare. E Rossarelli per tutta risposta agitò la pistola facendo loro cenno di entrare. “Tutti dentro. Avanti, sbrigatevi, che qui fuori fa freddo.”

Ettore guardò i suoi amici. Li vide increduli e sconvolti, fermi dov'erano.

"Lei... lei non può spararci!" disse Gianni rivolto a Rossarelli.

"Vuoi scommettere?" rispose Rossarelli.

"La gente sentirebbe gli spari!"

Rossarelli sorrise. "E se ne sbatterebbe i coglioni."

Ettore si chiese fino a che punto stesse bluffando. In ogni caso, troppo pericoloso scoprirlo. Guardò verso la donna. Incrociò il suo sguardo terrorizzato.

"Vengo soltanto io," disse Ettore a Rossarelli. "Ce la vediamo tra noi due. I miei amici non c'entrano."

"Troppo tardi," rispose Rossarelli. Fece di nuovo segno con la pistola, verso la casa. "Dentro, tutti."

Ettore si avviò per primo, sperando ancora che Rossarelli si accontentasse di lui. Ma non poteva essere così.

Guidati da Marco Rossarelli, con ordini secchi e gesti della mano armata, tutti si incamminarono verso l'edificio di cemento. L'uomo in grigio chiudeva la fila, con la donna accanto.

Ettore, in testa alla processione, guardò la Mercedes nera e pensò che sembrava, ora più che mai, un carro funebre. Rivolse lo sguardo di lato, verso le poche finestre aperte del retro del palazzone. S'illuse, per un istante, che qualcuno vedesse e intervenisse. Sì, come no. Magari lì abitava Bruce Wayne, con la Batcaverna come cantina. Diede poi un'occhiata fra gli alberi, dall'altra parte della strada, dove quei due babbei di Igor e Gianni avrebbero dovuto restare appostati. E vide qualcosa, lì. Poi ebbe un brivido lungo la schiena. Ettore pensò in fretta e, allo stesso tempo, rallentò un po' il passo. Gianni, che veniva subito dietro di lui, lo urtò.

La voce dura e roca tornò a farsi sentire. "Muovetevi, imbranati!"

Allora Ettore fece questa cosa: si appoggiò alla Mercedes nera, come per evitare di cadere. Si appoggiò con una certa forza, ma senza esagerare. E allo stesso tempo tornò a lanciare ancora uno sguardo dall'altra parte della strada.

"Giù le mani, idiota!" tuonò Rossarelli.
"Scusi," disse Ettore.
"Scusi un cazzo!"
Il gruppo si fermò davanti al portone. "Apri!" intimò Rossarelli, rivolto alla donna. E quando lei esitò: "Apri, troia! E voi dentro, subito, senza fare scherzi!".
Lei obbedì, si fece di lato e lasciò passare Ettore, Gianni e Igor, attaccati l'uno all'altro. Rossarelli si infilò nella porta pedonale subito dopo di loro, si spostò e lasciò entrare la donna, per ultima. Nella toppa, all'interno, era inserita una chiave. Marco Rossarelli la girò, poi se la infilò in una tasca dei pantaloni usando la mano sinistra, mentre con la destra continuava a tenere sotto tiro i suoi prigionieri. Ettore si era girato più volte a sbirciarlo, studiando le sue mosse. Ma adesso si concesse di osservare l'ambiente e il suo sguardo si posò subito sul Ranger.

25.

Il canto delle sirene

Una statuetta del Ranger, di quelle in resina, oggetto della libidine dei fan sfegatati. Troneggiava su un mobiletto vicino alla porta. Poco più in là, una parete laterale era occupata da una libreria con un'ordinata collezione di fumetti, in gran parte dotati dell'inconfondibile dorso giallo degli albi del Ranger.

"Vedo che apprezzi," disse Rossarelli, che doveva avere notato la direzione del suo sguardo. Ettore evitò di dargli una risposta che non gli sarebbe piaciuta, ma si voltò a fissarlo, trascurando di studiare il resto dell'ambiente. Aveva soltanto rilevato la presenza di mobili dall'aria costosa, di design, e di scale di legno che portavano a un soppalco.

"Poi parleremo anche di quella faccenda di Doc Diablo," gli disse Rossarelli. "Mi interessa, davvero. Ma prima mi devi raccontare che cosa ci facevi qui fuori." Indicò con la pistola Igor e Gianni. "E chi cazzo sono questi altri due."

Ettore studiò la posizione dei personaggi in scena. Marco Rossarelli ora si era messo con le spalle alla porta. Descriveva un semicerchio con la pistola e la puntava contro Gianni, Igor e contro di lui, avanti e indietro. Un movimento inquietante e ipnotico. La donna stava in disparte. Nei suoi occhi c'era un misto di paura e rassegnazione che gli fece male.

"Ti decidi a parlare," disse Rossarelli, ancora rivolto a Ettore, "oppure, per convincerti, devo sparare nel ginocchio a un tuo amico?"

"No..." disse Gianni.

"No, cazzo," disse Igor.

"Ma quanto ci mette? Forse non ha capito," pensò Ettore. Si decise a dire qualcosa, una qualunque cosa, tanto per prendere tempo. "Vedi, è molto semplice in realtà..."

Non era nemmeno arrivato a metà della frase che il suono fortissimo di una sirena lacerò l'aria, provenendo da fuori.

"La polizia!" urlò Ettore. "Finalmente è arrivata!"

"Cosa?! Ma no... non è..." disse Rossarelli, girandosi verso la finestrella della porta.

Era il momento che Ettore aspettava. Con un unico movimento fluido, afferrò la statuetta del Ranger, apprezzandone il peso, e la scagliò verso la nuca di Marco Rossarelli. Il rumore dell'impatto sovrastò quello della sirena, ma il colpo non andò esattamente a segno. Se avesse centrato Rossarelli alla nuca, l'avrebbe mandato al tappeto, poco ma sicuro. Invece Rossarelli aveva già cominciato a voltarsi di nuovo verso i prigionieri. Così la statuetta lo colpì su un orecchio, per poi ricadere sul pavimento, intatta. Il Ranger era proprio un duro.

Fra il dolore e lo sconcerto, Rossarelli urlò qualcosa di incomprensibile. Si piegò in avanti e gli occhiali gli caddero dal naso, vicino al Ranger.

"Ti ammazzo," disse, tornando a puntare la pistola.

Ettore però si era già gettato verso di lui e gli aveva afferrato il polso, prima con una mano e poi con entrambe, costringendolo ad alzare il braccio e a piegarlo all'indietro.

Aveva sentito migliaia di spari, in film, telefilm e videogiochi. Ma mai dal vivo. Meno che mai da così vicino. Il boato fu sorprendente e spaventoso. Ettore quasi mollò la presa al polso, poi però tornò a stringere ancora più saldamente.

"State lontani!" urlò. "Al riparo! Potrebbe colpirvi!" Si augurò che Igor, Gianni e la donna gli dessero retta. Non poteva certo voltarsi a controllare, così avvinghiato a Rossarelli, e neppure poteva sentirli, ancora assordato dallo sparo, senza contare la sirena che continuava a suonare.

Rossarelli usò la mano libera per afferrare i capelli di Ettore e tirarli. O almeno ci provò, perché la ciocca gli scivolò via di mano, per effetto dell'insaponatura.

"Ma che cazzo..." sbraitò.

Va detto che certe cose, nelle scazzottate dei fumetti, non succedono.

Senza mollare il polso della mano armata, Ettore approfittò dello sconcerto dell'avversario per dargli un pestone su un piede. Tacco di anfibio contro punta di mocassino. Come sparare sulla Croce Rossa con un carrarmato.

Proprio mentre il rumore della sirena scemava, Marco Rossarelli lanciò un roco guaito ed esplose un altro colpo a casaccio. Rintronato dal rumore, Ettore vacillò ma di nuovo mantenne la presa.

"Figlio di puttana, mollami!" grugnì Rossarelli. Tornando a usare la mano disarmata, martellò il fianco di Ettore con una raffica di pugni. "Mollami! Mollami! Mollami!" Un pugno, un altro pugno, un altro pugno ancora e ancora e ancora...

Fino a che Ettore mollò. Lasciò il polso di Rossarelli e rinculò in una nube di dolore. Basta così, non ce la faceva più, andasse tutto come doveva andare. Si sforzò di rimettere a fuoco la vista, ritrovandosi a guardare la canna della pistola, puntata verso di lui. All'altezza della sua testa.

Rossarelli impugnava l'arma a braccio teso. "E adesso, coglione?" disse.

Ettore Lisio sorrise. Alzò una mano, mimando una pistola, con il pollice sollevato e l'indice in avanti. "Clic," disse. "Ho finito i colpi."

Rossarelli scosse la testa. "Proprio un coglione," disse. E poi parve accorgersi che Ettore non stava più guardando lui, ma qualcosa alle sue spalle. Rossarelli accennò appena a voltarsi prima che la donna, dietro di lui, gli sbattesse la statuetta del Ranger contro la nuca, con precisione chirurgica. Fece un brutto rumore, bruttissimo. Ettore si ritrovò a chiudere gli occhi.

Quando li riaprì, davanti a lui c'era soltanto la donna, con in mano la statuetta. Abbassò lo sguardo e vide Rossarelli sul pavimento. Gli occhi chiusi adesso li aveva lui.

Gianni, pallidissimo, lo raggiunse mentre Igor emergeva da dietro un divano.

Ettore alzò una mano. "Va tutto bene," disse. "Tutto okay." Sono le cose che vanno dette, alla fine di una scena così. Che però non era ancora finita.

"L'ho ucciso." La donna guardava Marco Rossarelli, con espressione smarrita. "L'ho ucciso," ripeté, e lasciò cadere la statuetta del Ranger che, finalmente, si ruppe.

Ettore si chinò a esaminare il corpo di Rossarelli. "È vivo. Respira." Alzò lo sguardo verso la donna, che annuì, come a dire che andava bene così.

"Come ti chiami?" le chiese.

"Corina," ripose lei.

"È un bel nome," disse Ettore, perché era proprio un bel nome.

Si sentì bussare alla porta. "Ehi! Che succede lì dentro?"

"Va tutto bene!" Ettore aveva di nuovo alzato la voce per farsi sentire da fuori. Frugò nella tasca sinistra di Marco Rossarelli e prese la chiave. Si alzò, a ogni buon conto diede un calcio alla pistola per allontanarla, e andò ad aprire la porta. "Usciamo, andiamocene da qui."

Ettore, Igor, Gianni e Corina uscirono nel sole di novembre e trovarono Pietro ad accoglierli.

"Ho sentito sparare! Qualcuno si è fatto male?"

Ettore fece un cenno all'indietro, verso la porta lasciata aperta. "Sì. Marco Rossarelli si è fatto male. Ma non è stata una pallottola."

"Che cosa è stato, allora?"

A Ettore scappò da ridere. "È stato il Ranger." Anche Igor e Gianni adesso ridevano, una risata liberatoria, inarrestabile, che contagiò ben presto anche Corina.

"Vabbè, non l'ho capita," disse Pietro.

"Però prima hai capito me, quando ti ho guardato."

"Non mi hai soltanto guardato."

"Volete spiegare anche a noi?" disse Gianni, indicando Igor e Corina. Erano tutti visibilmente scossi.

Ed Ettore spiegò.

Spiegò che, poco prima, mentre Rossarelli li costringeva a entrare in casa, aveva scorto Pietro fra gli alberi, dall'altra parte della strada. E allora il brivido gli aveva percorso la schiena. Un'idea.

Aveva sperato che Pietro si ricordasse quel discorso che avevano fatto, la sera prima, riguardo all'antifurto probabilmente installato nell'auto. Aveva sperato che comprendesse quell'alfabeto muto, sillabato a occhiate e a gesti prima di entrare nella casa del cattivo.

"Un momento," intervenne Igor, rivolto a Pietro. "Ma non dovevi essere in ufficio, oggi?"

"Alla fine, non sono riuscito a resistere alla tentazione. Mi sono preso mezza giornata e sono venuto qui."

"E perché non ci hai avvertiti?"

"Ci ho provato. Ho mandato messaggi a tutti. E ho pure chiamato."

Igor estrasse il cellulare e lo controllò. "È vero... avevamo già silenziato i telefoni."

Ettore concluse la spiegazione, prima che assumesse i connotati dello spiegone: "Ho pensato che un diversivo sarebbe tornato utile, una volta dentro".

"Per attivare l'antifurto ho avuto il mio bel daffare," disse Pietro. "Anche perché non volevo fare troppo rumore, prendendola a calci. Ho provato a scuotere la macchina, ma niente. Alla fine, ho dovuto salire sul cofano e camminarci su."

"Ecco perché ci hai messo tanto," disse Ettore.

Gianni gli diede una pacca sulla schiena. "Fingere che fosse arrivata la polizia, quando è partita la sirena, è stata una buona trovata. Per un secondo ci ho creduto anch'io."

Fu come un'evocazione, perché in quel momento si sentì una sirena. Questa volta era davvero quella di un'auto della polizia, che svoltò nella strada.

Ettore disse: "Bravo, Pietro. L'hai chiamata".

"Io?" disse Pietro. "No, non sono stato io..."

"E allora chi è stato?" chiese Ettore. Vide gli sguardi perplessi di Igor e Gianni, e quello spaurito di Corina. "Tranquilla, va tutto bene," le disse. E poi intercettò un altro sguardo, in lontananza. Pippo si sporgeva da dietro un albero, salutava e risspariva.

"Ma non mi dire..." mormorò Ettore.

L'auto della polizia si era fermata. La sirena si era spenta, ma i lampeggianti erano rimasti accesi. Scesero due agenti. Uno restò indietro, l'altro si avvicinò. Ettore pensò che la battuta giusta sarebbe stata: "Che cosa abbiamo qui?".

Ma il poliziotto disse: "Che cazzo succede?".

Ettore sentì la morbida pressione di un fianco femminile contro il suo. Si voltò verso Corina, che si era fatta più vicina. Le sorrise. "Tranquilla," disse di nuovo. "Stai tranquilla, Corina. Nessuno ti farà più del male."

Dopodiché, Ettore Lisio si rivolse ai poliziotti. "Buongiorno. Posso raccontarvi tutto," gli disse. E raccontò tutto. Lo raccontò bene. Era il suo lavoro, senza puntini di sospensione.

26.
Ancora un bicchiere, prima di salutarci

Non dormo mai, ve l'ho detto. Ma a volte, a mio modo, riposo. Quando mi sento tranquilla, serena come questo cielo stellato di un autunno che, per una volta, non è un inverno sotto falso nome. Sono fatta di sogni e di incubi, vi ho già detto anche questo. Ma soprattutto sono fatta di storie, immaginate e reali. Così come immaginati e reali sono sogni e incubi. Sono *storie*. Nel momento in cui la raccontate, ogni storia è inventata. Quando la rendete credibile, ogni storia è reale.

Le storie scorrono dentro di me, senza mai fermarsi. Iniziano, finiscono, si intrecciano e si trasformano, dando vita ad altre storie. Ad altri sogni e ad altri incubi. Però ogni tanto mi piace godermi una storia, in quel momento in cui tutto sembra compiuto. Prima che le vite dei protagonisti ripartano, generando altre storie che sono la continuazione di quella. Perché le vite vanno avanti, finché vita c'è. E, in me, anche dopo.

È una serata bella, ma non per tutti. Non certo per Marco Rossarelli, indagato per sequestro di persona, aggressione (a mano armata) e sfruttamento della prostituzione. Bisogna che mi ricordi, domani, di rincarare la dose, quando la polizia perquisirà la sua casa. Darò una spintarella, per fare trovare quei sacchetti di cocaina. Adesso Rossarelli è in una stanza del Policlinico, piantonato da un poliziotto. Lo aspetta una notte agitata, e giorni anche peggio, di cui mi compiaccio.

Anche Corina non riesce a dormire, malgrado la faticosa giornata alle spalle. Perché di solito a quest'ora era sveglia, stava per cominciare a lavorare. Inoltre non è abituata a questo letto, nuovo, di una grande casa, dove trovano rifugio donne che come lei fuggono da abusi e violenze. Malgrado l'insonnia, Corina è felice. Le hanno spiegato che non dovrà avere più paura, che quell'uomo non potrà più fare del male né a lei né a nessun altro. Le hanno promesso di aiutarla a trovare un lavoro. Mi darò da fare anch'io. Di lavoro so ancora darne tanto, sebbene meno che un tempo. Corina ha potuto telefonare alla sorella, per dirle che sta bene. Che adesso sta bene davvero. E che presto si riuniranno, saranno ancora una famiglia. Avrebbe voluto fare anche un'altra telefonata, al numero che le ha dato quell'altro uomo. Quello che dice di essere uno scrittore di fumetti, cosa che le è sembrata un po' strana. A lei risulta che i fumetti si disegnano. Troppi uomini le hanno raccontato bugie e lei ci ha creduto, pagandone caro il prezzo. Teme che possa accadere anche con lui. Quindi ha deciso di non telefonargli. Non subito. Ci penserà.

Mario Ambrosetti e Giorgio Fumagalli invece dormono, sereni. No, non insieme. Uno in ospedale e l'altro a casa propria, di fianco alla sua bellissima moglie. Hanno saputo entrambi dell'arresto di Marco Rossarelli. La notizia è girata veloce, con il mio aiuto. Volevo che tutti sapessero. Ne hanno parlato anche alla televisione, per non dire in rete. La fama di Ettore Lisio, il creatore di Doc Diablo, lo rende un personaggio pubblico, degno di interesse. Tuttavia, per Ambrosetti e Fumagalli qualcun altro è risultato ancora più interessante. Hanno riconosciuto nei servizi trasmessi dai telegiornali l'uomo portato via dalla polizia (che presto andrà a fare qualche domanda pure a loro, io lo so, ma non sarà un problema). Si sono telefonati, esultanti. Ambrosetti potrà godersi la pensione, con l'aggiunta di una cifra ragionevole dall'affitto della pescheria. Sempre che qualcuno voglia affittarla.

Il Boss ha appreso la notizia via rete. È rimbalzata sui social e anche sui siti dedicati ai fumetti. Si è agitato moltissimo e ha chiamato più volte Ettore, finché questi gli ha risposto e gli ha assicurato che stava bene. A quel punto, ha finto che cadesse la linea, per non farsi sentire così felice.

Igor, Gianni e Pietro sono già stati interrogati dalla polizia. Forse dovranno chiarire ancora alcune questioni, ma ne usciranno puliti. Ve lo assicuro io.

Sandro è un po' seccato, perché avrebbe voluto partecipare pure lui alla resa dei conti. Ma lo consola la consapevolezza di avere avuto un ruolo decisivo, in questa vicenda, con le sue eroiche ricerche agli uffici del catasto e qualche buona intuizione. C'è stato un brindisi anche per lui, stasera al Fat. A proposito, Ciccio ha offerto a tutti, e più volte.

Tutti meno Pippo, che non si è presentato. Sua madre è stata molto male, proprio oggi. Si è aggravata ancora. Tuttavia ha chiesto al figlio di non farle più nessuna iniezione, di non darle più nessuna medicina. Pippo dovrà trovare la forza e il coraggio di obbedirle e di lasciarla andare. Non sarà facile. Ma oggi ha già fatto qualcosa di cui non si credeva capace: tornare indietro, dopo essere scappato. E, quando ha sentito gli spari, chiamare la polizia. Fare arrivare gli sbirri. Una scelta giusta, che lo fa sentire a posto con sé stesso. Spera solo che non si sappia in giro.

Stasera al Fat c'era Ettore, ovviamente. Anche se è arrivato per ultimo. Non per fare un ingresso trionfale, ma perché quando la polizia gli ha permesso di tornare a casa si è attardato con Patrizia. Lei gli ha chiesto di non raccontarle nulla, per adesso. Ha voluto essere soltanto abbracciata e coccolata, come quando era piccola. Ma poi, siccome piccola non è più, gli ha detto che, se prova a ficcarsi in un altro guaio come quello che ha appena passato (senza dirle nulla), prende tutta la sua collezione di dischi e la butta nel Naviglio. L'ha detto con lo sguardo serio che aveva sua madre quando era seria. Quando faceva sul serio.

"Come faresti a prenderla tutta?" ha detto Ettore. "Sono migliaia di dischi!"

"Va bene," ha detto lei. "Sceglierei solo quelli a cui tieni di più." Ed Ettore è ammutolito. Ma poi, pensando a quali fossero in effetti i suoi dischi preferiti, ha avuto un'illuminazione.

"Ecco," ha esclamato. "Ecco qual era!"

"Cosa?" gli ha chiesto Patrizia.

"Quella canzone che non riuscivo a riconoscere. Quella che mi ha fatto attraversare il ponte. È da lì che è cominciato tutto." È andato a prendere il disco, un vinile, e ha messo su quella canzone, quella musica.

"È bellissima," ha detto Patrizia. "Un po' triste, ma bellissima."

Adesso al Fat sono rimasti soltanto in due, al tavolo. Gianni, detto Jaco, ed Ettore Lisio. Si guardano, da dietro i bicchieri. Hanno qualcosa da dirsi. Avvicinatevi, insieme a me. Non si accorgeranno di voi: sarete invisibili. E a me non fanno caso, perché sono sempre lì, attorno a loro. Avanti, non li disturberemo. Avvicinatevi, con me. Guardiamoli e ascoltiamoli. C'è ancora un pezzo di storia.

"Ne vogliamo parlare?" disse Ettore.

Prima di rispondere, Gianni si versò da bere. "Di che cosa?"

"Lo sai."

"Di quello che hai confessato oggi, riguardo a Doc Diablo?"

"E di che altro, se no?"

Gianni versò da bere anche a Ettore. "Bah, di argomenti ce ne sarebbero, dopo tutto quello che abbiamo passato."

"Ma non abbiamo ancora parlato di quello," disse Ettore.

Rimasero in silenzio, con i bicchieri pieni, senza bere. Guardandosi e basta.

Poi Gianni disse: "Ettore, io lo sapevo già".

"Cosa? Che cosa sapevi?"

"Che la prima mezza idea di un diavolo cacciatore di diavoli l'aveva farfugliata Biglia, quella notte."

Per mestiere, Ettore sapeva presagire i colpi di scena, ma questo lo trovò impreparato, arrivò a tradimento. "E come l'hai saputo? Da chi? Quando?!"

"Vi ho sentiti, semplicemente. Ho sentito Biglia e ho sentito te, quella notte."

"Ma stavi dormendo sul divano!"

Gianni fece un mezzo sorriso. "Stavo sonnecchiando, in realtà. Ascoltavo, fingendo di dormire, per lasciarvi ragionare in pace. E per non farmi tirare in mezzo. Ero troppo sbronzo: non avrei retto una discussione artistica di quel livello."

"E *tu* hai lasciato che *io* rubassi l'idea?"

Gianni roteò gli occhi, come per seguire le traiettorie di un insetto ubriaco. "Ettore, ma non ti rendi conto? Di idee ne hanno tutti, di continuo. Sono in giro, nell'aria. Non valgono un cazzo, se non le fai diventare qualcosa. E quella poi non era nemmeno una mezza idea, a pensarci bene. Era soltanto una cazzata caduta lì così, in mezzo al discorso, che non sarebbe diventata niente, senza di te... senza il tuo talento, Ettore, senza le tue *vere idee*!"

"Ma il povero Biglia..."

"Povero un cazzo, su. Era quello che stava meglio, fra di noi. I fumetti erano soltanto un capriccio per lui. E comunque è stato d'accordo con me."

"D'accordo... in che senso?" Ettore ebbe un sussulto. "Non mi dire che..."

"Lo sai come funziona quando ti sbronzi, no? Certo che lo sai, sei un esperto. A volte i ricordi spariscono, la mattina dopo, ma poi tornano. Magari soltanto a sprazzi."

"E quindi Biglia si è ricordato?!"

"Non con precisione. È venuto da me, un giorno, mentre stavamo cominciando a lavorare a Doc Diablo, e mi ha confidato di avere un sospetto, su come era nata l'idea del protagonista diavolo."

"E tu?"

"Gli ho raccontato tutto."

"E lui?"

"Lui è stato d'accordo con me, te l'ho detto. Era stato soltanto uno spunto, che senza di te non sarebbe diventato un beato cazzo. E poi credo che ormai si fosse reso conto di non avere il tuo talento."

"E non mi avete detto nulla?!" Ettore si sentiva addirittura offeso.

"Ti conoscevamo abbastanza da capire che sarebbe stato dannoso. Pensavamo che fossi onestamente convinto di avere inventato tutto tu, nei ricordi confusi di quella notte, e abbiamo pensato che fosse meglio continuare a lasciartelo credere. Soltanto oggi, mentre confessavi davanti a Marco Rossarelli, ho capito com'erano andate le cose."

Ettore abbassò lo sguardo. "Vi avevo mentito, quella mattina. Mi ero preso un merito non mio."

"Ma piantala! Doc Diablo è farina del tuo sacco, che ti piaccia o no."

"La farina del diavolo," disse Ettore, fra sé e sé. Poi chiese: "Chi altro lo ha mai saputo?".

Adesso fu Gianni ad abbassare lo sguardo.

Un brivido lungo la schiena, ma non di quelli piacevoli.

"Era lì anche lei, quel giorno," disse Gianni, "quando Biglia è venuto a parlarmi. A parlarci."

"E nemmeno lei mi ha mai detto nulla."

"Perché Beatrice la pensava come noi," disse Gianni. "E perché ti amava, Ettore. Era già innamorata di te. Ti amava e ti stimava. Era convinta che fossi un genio. Ma aveva anche capito quanto fossi fragile."

"Sì," disse Ettore, "la dura era lei. E ora non c'è più. Come faccio, ad andare avanti?"

"Con la forza che hai dimostrato oggi, quando hai affrontato quella canaglia."

"Nella mia valle lunga e stretta..." mormorò Ettore Lisio.

"Eh?"

"Niente, niente."

Gianni tirò fuori un pennarello e si mise a fare un disegno su un tovagliolo. Rappresentava due ragazzi, affiancati, con l'espressione felice. Lui ed Ettore, com'erano un tempo che ora non sembrava più così lontano, così perduto.

"Il giubbotto," disse Ettore. "Quello che portavo non era così," e spiegò a Gianni come fare il giubbotto giusto.

Gianni annuì, modificò il disegno e girò il tovagliolo verso Ettore. “Va bene?”

“Sì, va bene. Così è perfetto.”

Bevvero ancora, finché i bicchieri non furono vuoti.

“E adesso che cosa farai?” chiese Gianni. “Non mi dire che vuoi ancora aprire una pescheria!”

“Perché?” disse Ettore Lisio, e sorrise. “Tu hai un’idea migliore?”

Milano, 16 dicembre 2019-22 febbraio 2020

Indice